AMOR FORA DE HORA

KATARINA MAZETTI

Amor fora de hora

um romance

Tradução
Douglas Pompeo

lua de papel

Título original: *Grabben I graven bredvid*

Direção editorial: Pascoal Soto
Editor: Pedro Almeida
Produção editorial: Gabriela Ghetti
Marketing: Priscila Brauner
Preparação de texto: Cátia Pietro e Margô Negro
Revisão: Veridiana Cunha
Diagramação: Moré Designer
Capa: Osmane Garcia Filho
Imagem da capa: Latinstock

Dados Internacionais de Catalogação na Publicação (CIP)
(Câmara Brasileira do Livro, SP, Brasil)

Mazetti, Katarina
Amor fora de hora : um romance / Katarina Mazetti ; tradução Douglas Pompeo. — São Paulo : Lua de papel, 2011.

176 p.

Título original : Grabben I graven bredvid.
ISBN 978-85-63066-77-0

1. Romance sueco I. Título.

11-09867 CDD-839.737

Índices para catálogo sistemático:

1. Romances : Literatura sueca 839.737

TEXTO EDITORES LTDA.
(Uma editora do grupo LeYa)
Rua Desembargador Paulo Passalácqua, 86
01248-010 — Pacaembu — São Paulo — SP
www.leya.com.br/luadepapel
Twitter: @luadepapel_BRA / @EditoraLeya

1

Quem toma partido dos mortos?
Quem mantém seus direitos,
Dá ouvidos a seus problemas
E rega seus vasos de flores?

DEVERIAM TER CUIDADO COMIGO!

Uma mulher angustiada e solitária com uma vida emocionalmente desequilibrada. Quem sabe o que aprontarei na próxima lua cheia?

Vocês leram mesmo Stephen King?

Estou sentada em um desgastado banco verde-escuro ao lado do túmulo de meu marido, e sua lápide me irrita.

É uma pedra bruta pequena e sóbria sobre a qual não há nada além do seu nome: Örjan Wallin, em uma letra sem floreios. Simples, para não dizer óbvio, tal como ele foi. Ele mesmo a escolhera e fechara um contrato com a empresa funerária.

E foi apenas isso. Quer dizer, ele não estava doente.

Eu sei bem o que ele quis dizer com esta pedra: a morte é "simplesmente parte natural de um ciclo". Ele era biólogo.

Muito obrigada, Örjan.

Várias vezes durante a semana, sento-me aqui no horário do almoço e pelo menos uma vez no final de semana. Se começa a chover, pego a minha capa de chuva dobrada e enfiada em um saquinho. É horrorosa. Achei na cômoda de minha mãe.

Neste cemitério muitos vestem capas de chuva como essa.

Só vou embora depois de ter ficado aqui, pelo menos, uma hora. Espero, assim, poder atrair o tipo certo de luto, claro, se eu for persistente o bastante. Pode-se dizer que me sentiria muito melhor se pudesse ensopar um lenço após o outro, sem que ninguém ficasse me olhando de lado, conferindo se minhas lágrimas são de fato verdadeiras.

A verdade é que na maior parte do tempo simplesmente tenho raiva dele. Maldito traidor, por que não tomou mais cuidado? No resto do tempo, o que sinto se assemelha ao que provavelmente sentiria uma criança quando, após muitos anos, o seu periquito morre. Sim, é isso.

Sinto falta de sua companhia constante e de nossos hábitos diários. Ninguém mais se senta a meu lado no sofá e folheia o jornal. Quando volto para casa, não há mais o cheiro de café. E as prateleiras de sapatos sem as botas e galochas de Örjan parecem árvores sem folhas.

Se não me lembro quem é "deus do sol com duas letras", tenho de adivinhar ou pular a palavra. Não há ninguém para me ajudar com as palavras-cruzadas.

O outro lado da cama está sempre intacto.

Se, por acaso, um carro me atropelasse, ninguém se surpreenderia se eu não voltasse para casa.

Ninguém puxa a descarga quando não estou em casa.

Aqui, sentada neste cemitério, sinto falta do ruído da descarga. Estranho o bastante para você, Stephen?

De alguma maneira, no cemitério sempre me sinto como uma dançarina de cabaré de segunda classe. Recalque disfarçado de humor negro, claro — mas posso me dar a esse luxo. Por enquanto, não tenho muito que fazer, a não ser me ocupar com meus pequenos recalques.

Com Örjan, sabia pelo menos quem eu era. Nós nos definíamos. Provavelmente, é para isso que servem os relacionamentos.

Quem sou eu agora?

Estou completamente entregue às pessoas que me veem. Para algumas, sou uma eleitora, para outras uma passante, uma burocrata, uma participante da vida cultural, capital humano ou a proprietária de um apartamento.

Ou apenas um amontoado de cabelos com pontas duplas, pele seca e protetores íntimos vencidos.

Claro que ainda posso usar Örjan para me definir. Ele pode me prestar esse serviço póstumo. Se não houvesse Örjan, poderia me designar como "solteira, acima de 30", vi ontem essa terminologia em um jornal e isso me arrepiou. Em vez disso, sou uma "viúva jovem e sem filhos". Que trágico, que melancólico! Muito obrigada, Örjan!

Em algum lugar, surge vergonhosamente um pequeno sentimento de pura decepção. Sinto-me traída, porque Örjan se foi, simples assim.

Tínhamos até planejado nosso futuro próximo e distante! As nossas férias de canoa em Värmland e nossa benéfica aposentadoria.

Na verdade, Örjan também deveria estar decepcionado. Todo o *tai chi*, as batatas orgânicas e os cuidados com a gordura trans. No fim das contas, o que sobrou de tudo isso?

A dançarina de cabaré se pergunta, exibindo os dentes amarelados da frente.

Às vezes fico simplesmente furiosa por causa dele. É injusto, Örjan! E pensar que você era tão bem-intencionado e competente!

Além disso, após cinco meses de celibato, sinto às vezes um leve e inquieto tremor entre as pernas. O que me faz pensar se sou necrófila.

De pé, ao lado da pedra de Örjan, há uma lápide verdadeiramente monstruosa, vulgar. Mármore branco com inscrições em ouro, anjos, rosas, pássaros, epigrama com fitas entrelaçadas e até mesmo uma pequena caveira junto a uma foice. O próprio túmulo está repleto de plantas como um horto florestal. Sobre a lápide lê-se o nome de um homem e de uma mulher com os anos de nascimento próximos. Provavelmente uma criança quis homenagear seus pais desse modo excessivo.

Há algumas semanas, vi pela primeira vez o enlutado junto ao tal túmulo vulgar. Um homem de minha idade com uma jaqueta supercolorida e uma touca forrada, com cobertura para as orelhas e na frente é um pouco elevada, como os modelos norte-americanos, e onde se lê: "NÓS, LENHADORES". Cuidadosamente ele limpava as plantas com um ancinho.

Sobre a pedra de Örjan não brota nada. Provavelmente ele acharia uma roseira completamente inadequada. Esse tipo de flor não combina com o ambiente do cemitério. Na floricultura da entrada do cemitério aquileias e grinaldas-de-noiva não são vendidas.

Perto do meio-dia, em intervalos regulares a cada dois ou três dias, surge o lenhador. Ele está sempre carregando novas flores e adubo. Parece cheio de orgulho de jardineiro, como se o túmulo fosse seu próprio jardinzinho particular.

Recentemente ele se sentou ao meu lado no banco e me olhou discretamente, mas não disse nada. Ele tinha um cheiro estranho e sua mão esquerda tinha apenas três dedos.

2

MALDIÇÃO! NÃO A SUPORTO, SIMPLESMENTE NÃO A SUPORTO!

Por que é que ela tem que se sentar sempre ali?

Até hoje, assim que acabo de cuidar do túmulo, me sento no banco por um momento, no intuito de retomar meus pensamentos interrompidos e encontrar a ponta de um fio na qual eu pudesse me agarrar e, assim, ser puxado para frente mais um ou dois dias. Em casa, no sítio, não consigo pensar enquanto trabalho. Se não me concentro no que faço, inevitavelmente acontecerá uma minicatástrofe, que acarretará mais um dia de trabalho. Ora dirijo o trator em cima de uma pedra e o eixo traseiro quebra, ora uma vaca pisa em suas próprias tetas, pois me esqueci de instalar o protetor nelas.

Ir ao túmulo é meu único descanso, mas nem mesmo lá sinto que posso me sentar e simplesmente pensar. Tenho de limpar o túmulo com o ancinho, tenho de plantar, manter tudo em ordem, antes de me permitir descansar.

E aí a vejo sentada ali.

Desbotada como uma fotografia antiga que ficou por anos numa vitrine. Cabelo claro, desfiado, rosto pálido, cílios e sobrancelhas brancos, roupas sem graça e sem cores, sempre algo em azul-claro ou bege. Uma mulher bege. Toda a sua aparência é um insulto — um pouco de maquiagem ou joias cintilantes revelariam ao mundo que ali está sentada uma mulher que, pelo menos, pensa um pouquinho no que os outros poderiam ver e pensar dela. Mas a sua palidez simplesmente diz: não me importo com o que vocês pensam, eu não vejo nenhum de vocês.

Gosto quando uma mulher tem aparência convidativa: olha-me, veja o que eu tenho! De alguma maneira, me sinto lisonjeado. Mulheres devem ter a boca vermelha e usar sapatos de bico fino com correias nos tornozelos e deixar os seios sempre ao alcance da mão. Sem problemas se ela borrou o batom, se um pneuzinho ou outro rompe a costura do vestido, se exibe um colar enorme de pérolas falsas — nem todas dispõem de bom gosto, o que conta é a intenção. Fico sempre um pouco apaixonado quando vejo uma mulher de meia-idade que gastou uma parte de seu dia para ser notada. Sobretudo se ela tem longas unhas postiças, cabelo esticado ou se anda de salto alto. A minha vontade é carregá-las no braço, acariciá-las e elogiá-las.

Claro, nunca faço isso. Além do que, nem consigo me aproximar delas, encontro-as apenas no correio ou no banco. Sem contar a veterinária e a moça da inseminação, não há mulher alguma em casa, na fazenda. Sempre com o avental de borracha azul, botas grandes, touca plástica e com a seringa cheia de esperma de touro ao alcance das mãos, elas nunca têm tempo de ficar para o café — caso eu tivesse tempo de passá-lo.

Nos últimos anos, cansei de ouvir de mamãe que devo "sair" para procurar uma mulher. Como se em algum lugar houvesse uma manada de mulheres disponíveis, entre as quais se pudesse facilmente escolher uma, tal como abater uma lebre com um rifle em temporada de caça.

Sim, ela já sabia, muito antes de mim, que o câncer a devorava lentamente por dentro e que eu teria de me virar sozinho. Não somente com o trabalho, como também com tudo o que ela me deixou ao longo de todos esses anos: a casa aquecida, a cama feita, o asseado macacão do estábulo a cada dois dias, a boa comida, o café sempre quente e o pão fresco tirado do forno. E por detrás disso está todo o trabalho sobre o qual nem sequer precisava pensar — cortar a lenha e fazer o fogo e colher as frutas e as roupas sujas, tudo aquilo que não tenho tempo agora. O macacão está duro de sujeira e de leite azedo, os lençóis estão cinzentos, a casa está gelada; quando se entra, em vez de café fresco, vê-se uma caneca com água morna da torneira misturada com café solúvel.

Ela sempre me deixava a segunda parte de *O País*, a revista da associação dos agricultores, ao lado da xícara de café, aberta na página de classificados amorosos. Algumas vezes ela circulava algum para que eu visse. Mas nunca dizia nada.

Mamãe ignorava o fato de não haver um bando de mocinhas encantadoras esperando, lá embaixo na rampa do leite, para tornar-se a dona de casa de um "solteirão atraente e com sua própria fazenda". Com o passar dos anos, todas elas foram para a cidade. E agora se tornaram professoras de jardim de infância, assistentes de enfermagem, se casaram com mecânicos ou vendedores e poupam para um dia morar em casas geminadas. Às vezes, no verão, elas voltam com seus homens, trazem uma cabecinha loira no colo e se demoram algumas semanas em uma das espreguiçadeiras da antiga fazenda dos pais.

Carina, que se sentava logo atrás de mim no último ano de escola, a mesma que abria as pernas, justamente quando era um pouco paquerada, às vezes fica à espreita atrás das prateleiras na venda. A loja fica aberta durante os meses de verão, talvez alguns verões a mais. De repente, ela salta à minha frente e faz de conta que nos encontramos meramente por acaso, começando por me perguntar se estou casado e se tenho filhos. Atualmente, ela mora na cidade com Stefan, que trabalha num depósito, diz ela triunfante, querendo me fazer sofrer de arrependimento por tê-la deixado escapar. Nem pensar!

Talvez esta que encontro aqui no cemitério também tenha pais idosos, que visita nas férias do verão para descansar. Seria bom não ter de vê-la por algumas semanas. Só que no verão provavelmente não terei tempo de vir. Além disso, basta que um dia chova a cântaros para a colheita ser adiada. E esta lápide na qual ela crava os olhos o tempo todo ali sentada! Que tipo de pedra é essa? Parece um marco de medição com a qual os engenheiros delimitam as fronteiras de um terreno!

Foi mamãe quem escolheu a lápide do papai. É evidente que ela estava sobrecarregada, mas eu vejo nela todo o amor com que escolhera. Ela passou semanas ocupada com prospectos e folhetos. A cada dia, ela tinha uma nova sugestão para a decoração, que por fim se tornou uma combinação de todas elas.

Örjan será seu pai ou seu irmão? E já que ela se senta aqui dia após dia, com os olhos fixos nesta pedra, por que ao menos não se mexe para plantar uma flor e colocar sobre o túmulo?

3

Com certeza as bordas das feridas lutam
para se fechar,
até o relógio quer que lhe deem corda
(uma vergonha, os ponteiros parados
em uma e meia!).
Em membros amputados surgem dores
fantasmas.

HOJE OCORREU ALGO COMPLETAMENTE INESPERADO.

Foi um dia frio e claro de outono e durante a pausa do almoço eu fazia meu passeio costumeiro em direção ao túmulo. O lenhador se sentou outra vez naquele banco e me lançou um olhar sombrio, como se eu estivesse invadindo o seu domicílio. Seus punhos estavam cobertos de terra. Provavelmente ele terminara suas atividades de jardineiro. Por que será que ele tem apenas três dedos?

Eu me sentei e comecei a pensar nas crianças que Örjan e eu teríamos. Örjan tiraria licença-paternidade e saberia tudo sobre fraldas de pano e a praticidade de bolsas-cangurus. E ele iria para a natação de bebês.

Fomos casados por cinco anos e durante todo esse tempo quase nunca brigávamos. De vez em quando éramos um pouco ríspidos, aqui e ali uma palavra nada amigável ou uma frase provocativa, sempre de minha parte, mas que nunca se agravava.

Isso não era mérito meu. Örjan não brigava com ninguém. Amigável, ele esclarecia sempre e mais uma vez seu ponto de vista, até que diante do cansaço desistia da discussão.

Algumas vezes eu perdia o controle devido à sua eterna cordialidade e começava a agir como uma criança — chutava os móveis, pisava forte, batia as portas. Ele fazia de conta que não percebia e eu deixava pra lá, pois tinha a sensação de que assim eu daria ainda mais pontos pra ele.

Certo dia, amassei o jornal, página por página, e o bombardeei com bolinhas. Reservávamos metade do sábado para a leitura — tínhamos de discutir a matéria principal, os eventos culturais tinham que ser anotados, mesmo se acontecessem a trezentos quilômetros de nós; era preciso rir das tirinhas e planejar um jantar refinado com tomate seco. Eu era invadida pela sensação de que a vida real me escapava — ela apenas vibrava lá fora, atrás dos vidros da janela, enquanto nós permanecíamos aqui dentro sentados, lendo o jornal. Assim, eu o usurpava e passava ao ataque. Seus olhos castanhos tornavam-se tão desolados que só me restava escolher entre bater na sua cara e chorar.

Claro que chorei, mas de raiva. O irritante nisso tudo era que ele sempre calçava suas galochas verdes e partia para a realidade, antes que eu chegasse ao suplemento cultural. "Você tem binóculos entre você e a realidade", funguei e me senti ainda mais incompreendida, já que nem eu mesma me entendi.

Alguns dias depois, ele me deu furtivamente, assim de passagem, um artigo sobre tensão pré-menstrual e acariciou minha mão amavelmente. Eu quis amassar o artigo imediatamente e jogá-lo em Örjan, mas antes que eu me distanciasse e o acertasse, ele já estava no quintal, destrancando a bicicleta e sumindo.

No início, eu estava apaixonada por ele. Escrevia cartas de amor em versos, e ele ria. Eu me equilibrava, aqui e ali, em galhos secos para fotografar ninhos de passarinho para ele e entrava na água gelada, enquanto sanguessugas, que ele usava em suas pesquisas, grudavam em minhas pernas.

Provavelmente, foi por ele ter uma boa aparência: bronzeado, corpo grande e bem esculpido, mãos bonitas, musculosas e que viviam ocupadas. Era boa a sensação se outra mulher, não por acaso, o seguisse com os olhos e então ele quase se engasgava de espanto quando via minha figura desbotada ao seu lado. (Espantadas, né? Pois esse danado eu fisguei sozinha! Que sirva de lição, mocinhas!)

Tudo dito em vão. Sei lá como o "apanhei". Normalmente, belos homens não me despertam mais interesse do que um modelo de papel de parede escolhido por alguém da secretaria municipal de habitação e planejamento urbano.

Mas depois que Örjan me viu — eu trabalhava na seção de informações da biblioteca e o ajudei a encontrar umas revistas inglesas, especializadas em zoologia — decidiu que eu era "a mulher" que, a despeito de todas as outras, seria a sua preferida no futuro. Mais ou menos como ele escolhia um produto na prateleira.

No início, a sensação era de que ele queria me testar, como se tudo fosse uma pesquisa de larga escala, comum nessas empresas de teste de qualidade. No bosque. Na cama. No cinema e nas conversas no café. E nunca despontava um problema. Todos os nossos pontos de vista se encaixavam como duas agulhas de tricô na malha e observávamos satisfeitos o modelo que ia surgindo gradualmente.

Então nos casamos e respiramos aliviados. Aprovados no exame final, seguiria a próxima fase.

Sorrimos um para o outro em frente à vitrine da loja de carrinhos de bebê quando ele simplesmente faleceu. Certo dia, quando ele havia saído cedo para pedalar, no intuito de observar aves silvestres no cio, foi atropelado por um caminhão. Uma fita cassete com cantos de pássaros foi encontrada no seu *walkman* — ou ele não ouviu o caminhão e entrou na pista, ou o motorista do caminhão dormiu ao volante.

Esta pequena e prosaica pedra na minha frente é tudo o que restou. E tenho raiva, porque ele me deixou para trás sem antes termos discutido o assunto... Agora, não saberei jamais quem ele foi.

Tiro minha agenda do bolso. É um caderninho azul com encadernação firme e sobre o qual, no lado da frente, há a ilustração de um barco a vela sobre o mar azul reluzente. E ali então escrevo:

Com certeza as bordas das feridas lutam para se fechar,
até o relógio quer que lhe deem corda...

Na verdade, eu não acredito que estou fazendo "poesia" em minha agenda. Estou apenas tentando apanhar a vida em imagens. Faço isso praticamente todo dia, mais ou menos assim como outras pessoas escrevem listas de tarefas para organizar o dia a dia. Ninguém precisa ler isso um dia — eu também não conto às pessoas sobre os meus sonhos. Cada um tem seu próprio método para dominar a vida.

O lenhador me olhou cauteloso. Arregalei os olhos e pensei: acredite que eu sou uma "dona de casa organizada", que está ordenando os seus pagamentos. Assim que eu rosqueei minha caneta-tinteiro (para isso eu havia comprado uma pena — algo semelhante tem de ser escrito à tinta), uma mãe com uma menininha com cerca de quatro anos de idade se aproximou do túmulo que se encontrava atrás ao do lenhador. A menina tinha um pequeno regador rosa brilhante que parecia novinho e ela o carregava como se fosse uma joia. A mãe organizava os vasos e as flores de plástico, enquanto a menina saltitava ao redor da lápide e esguichava água do regador. De repente, ela pôs a mão diante da boca, mostrou-se apavorada e seus olhos se arregalaram como bolas de gude:

— Oh, mamãe! Eu acertei a placa! Agora o vovô vai ficar bravo!

Notei como os cantos da minha boca se ergueram e lancei um olhar ao lenhador. E no mesmo momento ele me olhou.

Ele também sorriu. E...

Não há palavras para descrever esse sorriso sem entrar no maravilhoso mundo das canções populares.

Sol e morangos silvestres, o canto dos pássaros e a água reluzente das lagoas estavam nesse sorriso. E ele foi dedicado a mim, confiante e orgulhoso, como se fosse uma criança, entregando um presente de aniversário amarrotado. Os cantos de minha boca chegaram até as orelhas. E entre nós passou um arco de luz, que até hoje eu juro ter sido azul, semelhante ao que meu professor de Física conseguiu produzir certa vez. Durou três horas ou talvez só três segundos.

Então viramos nossas cabeças para frente, ao mesmo tempo, como se alguém as tivesse puxado com uma corda. O sol sumiu atrás das nuvens e simplesmente fiquei sentada, ali, deixando seu sorriso passar de novo em câmera lenta dentro dos meus olhos.

Se Marta, minha melhor e talvez única amiga, tivesse me contado sobre certo sorriso, assim como esse que eu e o lenhador trocamos há pouco, eu diria que são suas habilidades especiais de recriar a realidade de maneira grandiosa e bela.

Invejo isso. Já eu estou inclinada a procurar a origem do sorriso de um bebê num processo digestivo bem-sucedido e achar que uma estrela cadente é, na verdade, um satélite de televisão quebrado. O canto dos pássaros não é nada mais do que um alerta aos colegas de espécie, avisando-os dos invasores, e Jesus provavelmente nunca existiu, pelo menos não lá nem naquele tempo.

O assim chamado amor é uma necessidade de um tipo de variação genética, senão bastaria à fêmea reproduzir-se através de seus brotos.

É muito claro para mim que forças poderosas predominam entre o homem e a mulher. Dentro de nós, nada um óvulo que quer ser fecundado por um espermatozoide apropriado. Toda a máquina passa a trabalhar a toda velocidade assim que um deles está ao alcance.

Só que eu não estava esperando que esta embalagem externa de um cargueiro de espermatozoide fosse sorrir tanto! O óvulo tremeu dentro de mim, pulou, chapinhou, deu cambalhotas e sinalizou: "Vem cá! Vem cá!".

De preferência, eu teria gritado ao óvulo: "Quieto!".

Então desviei o olhar do lenhador e observei com o canto dos olhos as suas mãos. Seus três dedos brincavam o tempo todo com um chaveiro Volvo.

Onde deveriam estar o anelar e o mindinho encontravam-se apenas nós lisos. A pele parecia penetrada de terra e talvez também de óleo, e as veias das costas da mão estavam inchadas. Eu queria cheirar suas mãos e acariciar os nós vazios com os meus lábios.

Meu Deus! Eu tenho de ir embora daqui! Como uma coisa dessas acontece com uma mulher adulta que viveu um bom tempo sem um homem?

Assim levantei-me, peguei minha bolsa com as mãos geladas e corri direto entre pedras e cercas vivas até a porta do cemitério.

4

ESTOU ATRASADO COM A CONTABILIDADE. TENHO A SENSAÇÃO de que tudo foi por água abaixo e me pergunto se isso é talvez a verdadeira razão de eu não ser capaz de começar as contas. A pilha de papéis que brotou da antiga escrivaninha de papai é explosiva — como se algum papelzinho maldito do banco fizesse tique-taque ali dentro. Um papelzinho com uma mensagem informando que o crédito disponível está esgotado. Quando estou no escritório, quase não tenho coragem de atender ao telefone, pode ser do banco.

Ainda não sabia lidar bem com dinheiro e com a tralha de papéis. Mamãe sabia. Ela se sentava sempre na escrivaninha, murmurando consigo baixinho e de vez em quando se virava, via-me por cima da armação dos óculos e fazia qualquer pergunta que, em certa medida, era fácil de responder:

— Há sementes o suficiente? Pagou a conta da veterinária?

Ela mesma cuidava de todo o resto. Eu dizia a ela apenas quanto dinheiro era preciso — ela nunca perguntava, nem sequer quando eu quis dar de presente a Anette, com quem eu estive algum tempo, um relógio de ouro de corrente larga. Anette me enchia constantemente os ouvidos, dizendo que amava correntes grossas, a única coisa dela que ficou na minha lembrança.

Perto do fim, mamãe disse certa vez que, no futuro, eu deveria deixar a contabilidade da fazenda nas mãos de uma empresa contábil agrícola. Ela me disse isso enquanto tomava medicação na veia. E os remédios faziam com que ela precisasse constantemente de um pinico, o que a deixava envergonhada. Quando a irmã entrava com o pinico, eu dizia que tinha de sair para fumar. E não consegui dizer a ela que não tinha condição de pagar uma empresa contábil agrícola, que o lucro do leite encolhia mês após mês.

O rapaz malcriado, recém-contratado na empresa contábil, parece um agente da bolsa de valores. Sinto-me completamente deslocado em seu escritório.

Mamãe estava ficando zangada com o câncer que a impedia de se levantar e fazer algo útil. Com a quimioterapia sua luz foi se apagando gradualmente, mas, quando eu chegava, ela parecia querer dizer: "Que raiva! Sinto muito que eu esteja tão mal!".

Maldição, ela já está ali de novo, a bege! Será que ela não tem nada melhor para fazer? Parece uma solteirona que ainda mora com seus pais, como alguém que trabalha num banco e espera se casar com um diretor de uma grande empresa. Na verdade, ela parece uma maldita de uma mulher que trabalha em banco! Ela se senta ali e me olha de canto de olho, como se eu fosse um cheque sem fundo — o que é bastante vergonhoso, mas ela não tem nada a ver com isso. Então ela suspirou profundamente e tirou um caderninho de sua grande bolsa florida. De maneira atrapalhada, ela desrosqueou a tampa da caneta (uma caneta-tinteiro? Sempre pensei que ninguém usasse mais algo assim desde que a esferográfica foi inventada) e começou a escrever devagar e pedantemente.

Claro que fico terrivelmente curioso. Quem é essa mulher que se senta em um túmulo e se põe a *fazer anotações*? Estaria listando todos os maridos que matou? De repente ela levanta a cabeça e eu ouço um pequeno e resoluto bafejar: ela percebe que a observo. Para me vingar do seu tipo arrogante, imagino-a com uma peruca roxa de náilon cacheada e meia-calça de renda. Os peitos, brancos como trigo e prensados firmes, saltam de um espartilho de verniz. Os cílios brancos podem ficar e ela pode manter a ridícula touca felpuda estampada com cogumelos.

O que vejo diante de mim é inacreditavelmente estúpido, mas, de repente, percebo que estou sentado ali, fitando-a e rindo largamente. Ela me lança de novo um olhar — e antes que eu me recomponha, ela sorri de volta!

Ou seja — é realmente ela?

A mulher bege que ainda está sentada ali, olhando para o velho marco de pedra e esticando seus lábios pálidos, pode ela sorrir assim?

Como uma criança em férias de verão ou quando ganhou de presente sua primeira bicicleta. O mesmo sorriso alegre da menininha com o regador rosa, ao lado do túmulo ali na frente.

Simplesmente sorrimos um pouco mais. Como se ligássemos um farol alto, e nenhum de nós parecia ceder.

O que está se passando aqui, maldição?

Deveria fazer algo? Dizer a ela: "Você vem sempre aqui? O cemitério hoje está muito agitado, né? Você gosta da capela?" Ou talvez chegar mais perto.

Então alguém tirou o plugue da tomada e olhamos para frente.

Por um momento, ficamos sentados imóveis ali, como se o banco estivesse minado. Aí comecei a brincar com as chaves para não explodir por dentro.

Vejo de esguelha que ela fixa secretamente seus olhos em minhas mãos. Treinei anos a fio para não as enfiar no bolso quando pessoas as encaram. Também não faço isso agora. "Benny-três-dedos, este sou eu, querida. Pegue-o ou deixe-o!"

E foi o "deixe-o", ha ha. Ela se levanta e sai aos tropeços dali, como se eu quisesse agarrá-la com meus três dedos miseráveis. Por que ela parece assim sempre furiosa?

Suponho que Benny, o cavalheiro do tango, atacou novamente.

Assim pensava naquele tempo, quando estava constantemente à procura de garotas. Seguia para onde indicava o pinto e ele apontava sempre para mulheres como uma forquilha. Não me restou alternativa a não ser segui-las. No verão, em parques públicos. No inverno, em salões de tango de algum vilarejo, mesmo se algumas vezes tivesse de dirigir para longe. Salas grandes e tristes com luzes de neon, no mesmo lugar onde, durante a semana, eram dadas aulas de esporte da escola local e à noite se reuniam os Alcoólicos Anônimos. Às sextas e aos sábados, colavam papel crepom nas lâmpadas e contratavam uma banda. Eu quase nunca fui à cidade para ir a uma discoteca — em parte, porque estava claro para mim que tinha perdido a ligação com as tendências atuais (compreendi isso assim que as pessoas começaram a usar bonés para trás), em parte também porque considerava um esforço inútil dançar assim um longe do outro. Eu queria pegá-las nos braços. Achava magnífico pôr os braços ao redor das costas de uma garota estranha e conduzi-la pela pista de dança. Era como ganhar na loteria. Elas cheiravam tão bem e eu achava todas extremamente umas gracinhas. Eu me apaixonava por cada uma delas, não queria deixá-las quando a música parava. Em nenhum momento desejava falar mais alto que a música para conversar com elas ou algo assim. Só queria abraçá-las e cheirá-las, deslizar pelo salão de olhos fechados.

Nunca me veio à mente que eu pudesse simplesmente me servir delas — no último ano da escola fui xavecado por quase todas as garotas. Aqui e ali ainda se lê meu nome nas carteiras. Porém desde que eu assumi a fazenda não foram muitas as garotas que cruzaram meu caminho, mas o que nos faz perceber que os anos estão passando? Não percebi que, aos poucos, fui ficando fora de forma.

No início sempre ia bem. Dançava de lá para cá, como achava correto fazer, mas as garotas geralmente são habilidosas o suficiente para tirar os pés a tempo. Às vezes, elas eram melhores ainda, moviam-se tão irresistivelmente ao ritmo da música que, de alguma maneira, entrávamos numa certa rotação individual e isso era maravilhoso. Quando a música parava, elas começavam a me olhar discretamente. Eu simplesmente ficava no lugar, olhava para elas, sorria, mas jamais dizia: "Você vem sempre aqui?... O que você acha da banda?... Muito movimentado hoje..." como normalmente se faz. Não tenho nada contra conversa fiada, mas não é o meu jeito. Algumas garotas fugiam de mim depois de algumas danças e voltavam para o seu lugar — estavam sempre em grupo. Mas a maioria continuava a dançar comigo.

Uma vez, eu perguntei a uma garota:

— O que te faz feliz?

Estive pensando sobre isso enquanto dançávamos.

— O que me faz o quê? — ela gritou tentando superar o barulho.

— Feliz! O que te faz... Ah, esquece! — e empurrei-a rapidamente de volta ao grupo de garotas, com as orelhas vermelhas.

Mas essa não foi a minha pior experiência. Uma vez dancei cinco músicas, seguidas, com uma garota, sem pensar muito sobre por que ela cheirava tão bem. Depois da quinta música me inclinei para frente e, sem me dar conta, comecei a cheirar o pescoço dela.

No mesmo instante, ela deu três passos para trás. Será que ela achou que eu era um vampiro? Na minha imaginação, vi como os meus inocentes dentes se transformaram em presas de vampiro e não consegui esconder meu sorriso. Aí ela cochichou, deu as costas e foi embora.

Mais tarde, por coincidência, encontrei-a no bar.

— Quem era mesmo o cavalheiro do tango? — perguntou sua amiga.

— Provavelmente estava bêbado — disse ela. — Não disse palavra alguma, só sorria como um idiota!

Cavalheiro do tango. Essas palavras têm um sabor de camisa de seda e loção pós-barba.

Benny, o cavalheiro do tango. Espanta as mulheres com o seu sorriso de assassino. Provavelmente por isso a mulher bege também fugiu de mim.

Mas... Bem, ela também sorriu, não é?

5

Dia por dia
Olho no olho
Com espelhos quebrados
E fiscais maliciosas

QUANDO LEIO AS ANOTAÇÕES DAQUELE OUTONO NO MEU caderninho azul, fico pensando retrospectivamente, no sentido clínico mesmo, que talvez estivesse depressiva.

Na hora do almoço, na sala do café, estive histericamente ridícula e adorei ver as mulheres rindo até o rímel borrar. Nesse momento, tudo parecia tão normal, eu mesma me diverti mais do que os outros.

Quando cheguei em casa, com minha sacola de compras, fiz de tudo para ter com que me ocupar. Com os legumes, criei uma natureza morta em cima de um prato dinamarquês de cerâmica, reguei as minhas mudas, escolhi cuidadosamente uma ária de ópera não muito dramática, que ouvi em volume máximo, acendi as velas do candelabro no meu banheiro branco e tomei um longo banho, enquanto o aroma de alfazema do incenso pairava pela sala.

Naquele outono, li autobiografias e livros de fantasia que, na melhor das hipóteses, tinham um efeito anestésico — como se eu mergulhasse em mundos desconhecidos. E quando, de repente, os livros chegaram ao fim, fiquei deitada cansada e trêmula no canto do sofá, como depois de um naufrágio jogada na margem, à beira-mar. As biografias e os mundos de fantasia me faziam perguntas: Por que você está viva, o que faz da sua vida, tão frágil, incontrolável e curta?

À noite, sonhei com várias respostas diferentes. Em um dos meus sonhos, eu era uma deusa, movimentava-me numa rede de luz e sombra e as pontas dos meus dedos produziam vida nas formas mais diversas: trepadeiras exuberantes e carnosas e corpos rijos de crianças.

Outros dias pareciam consistir somente de chuva e neve e esperas eternas pela chegada do ônibus. Aumentei o prêmio da minha previdência e escrevi o meu testamento — se Örjan, naquela época decidiu fazer isso, eu seguiria o exemplo dele. Em dias como aqueles, comecei a preparar pastas para diferentes tipos de recibos, comprei caixas com gavetas numa loja de móveis e decoração para o meu guarda-roupa e comecei a enquadrar velhas transparências — imagens que pareciam tão insignificantes como as folhas secas do ano anterior.

Eu me masturbava muito. Os homens na minha fantasia eram todos grosseiros, tinham mãos calejadas e um queixo áspero. Não tinham rosto.

Marta era minha salva-vidas, a minha âncora. Certa vez, ela entrou correndo no banheiro abanando dois ingressos de cinema na mão até que eu recobrei o ânimo, apaguei as velas e fui com ela. Depois, em casa, nos estendemos no sofá e conversamos sobre as grandes e pequenas coisas do dia a dia, numa mistura maravilhosa — entre a mais nova história sobre o chefe neurótico dela e uma crítica malvada à imagem da mulher do pastor da igreja.

Marta exalava um cheiro de pão quente, perfume e cigarrilha. Certa época, morou com a sua grande paixão, Robert, e, quando ele foi a uma de suas misteriosas viagens de negócios, Marta e eu tomamos uma garrafa inteira de vinho branco do porto e ela acabou dormindo no meu sofá. Passamos a manhã seguinte com disputinhas pacíficas, cabelo oleoso e rostos inchados. Marta vestiu o roupão escuro de Örjan, pois ainda não conseguira jogá-lo fora. Mais de uma vez, ficamos tristes por não sermos lésbicas. Podia me imaginar morando com uma pessoa como ela. Muitas vezes ela achava Robert insuportável.

Uma noite, contei-lhe sobre o lenhador e o seu sorriso inexplicável. Ela se ergueu do sofá-cama, enfiou um dedo na boca e colocou-o pra cima no ar como se quisesse verificar a direção do vento.

— Alguma coisa está vindo!— disse ela, encantada.

6

UMA VIDA SOLITÁRIA, SEM FAMÍLIA E SEM CRIANÇAS TALVEZ pese na balança, especialmente quando se é um fazendeiro com alguns hectares de terra produtiva e até uma floresta.

Para quem cultivamos de fato uma floresta que pode ser cortada somente em trinta anos? Para quem deixaremos os campos improdutivos, para que assim a terra não seja danificada e nem desgastada a longo prazo?

E quem me ajudará na ceifa?

Eu procurei me agarrar aos resultados mensais do controle da ordenha. Cada vez mais pagamentos melhores, rendimentos mais altos e menos bactérias. Planejei melhorias na fertilização, saneei as condições da ordenha e consegui um novo tanque. Comprei um trator novo com eixo duplo — não porque eu precisasse urgentemente dele, mas porque queria ter a sensação de ser capaz de tornar melhor pelo menos alguma coisa na minha vida.

Pode parecer loucura, mas eu ficava toda noite lá fora, sempre até mais tarde, ocupando-me com várias coisas. Evitei o miserável e compacto silêncio da casa. Ela cheirava um pouco à decadência e a desconforto — então certo dia no meio da semana fui à cidade e comprei um rádio gigante, preto e em forma de charuto que coloquei no balcão da cozinha.

A partir daí, assim que eu entrava em casa à noite, ligava o rádio e aumentava o volume antes de entrar no banho. A voz excitada que ressoava do rádio me dava a sensação de que a vida se reproduzia em algum outro lugar e de que talvez um pequeno regato murmurasse na minha velha e desgastada cozinha. No entanto, não era capaz de jogar fora o rádio de baquelita marrom com tecido dourado que papai dera de presente à mamãe no dia do casamento, — eu o deixava ligado, até mesmo com o volume mudo, porque o gato gostava de se deitar sobre ele para se esquentar.

Eu lavava todas as minhas roupas juntas e elas assumiam uma mesma tonalidade gris. Algumas vezes folheava a segunda parte de *O País* e lia sobre como as pessoas decoravam as varandas e faziam salsicha em casa. Quem se importava com o que estava diante da porta de casa? Era apenas um lugar onde se deixavam botas e engradados de cerveja! Comprar salsichas durava apenas poucos segundos, quando alguém fazia suas compras semanais no supermercado.

Eu tinha planos vagos para limpar a velha geladeira. Pois lá dentro encontravam-se muitas coisas até estragadas: potes de geleia de mamãe com rótulos escritos à mão e uma camada grossa e peluda de mofo sob a tampa. Jogá-los fora teria sido o mesmo que jogar fora minha mãe.

É evidente que eu poderia, de alguma maneira, assistir a aulas à noite e "encontrar pessoas". O grupo da associação dos agricultores deu um curso de formação sob o título "Conheça a sua fazenda", que foi rebatizado de imediato por "Deixe sua fazenda pegar fogo" — esta solução parecia a mais proveitosa para todos. No começo, participei algumas vezes e encontrei sempre as mesmas pessoas que eu também encontrava no "Máquinas agrícolas de Göte Nilsson", em reuniões e na festa de Natal da associação dos agricultores.

Com a diferença de que os homens levavam suas mulheres às festas de Natal e eu dançava com elas e minhas mãos deslizavam um pouco aqui e ali. Certa vez uma delas começou a respirar forte e a rebolar tanto que fiquei desconcertado e disfarçadamente olhei para o seu marido. Tarde da noite, quando nós, homens, desaparecíamos na próxima esquina e tomávamos lá a cachaça que trazíamos de casa, contávamos piadas sobre a filha do fazendeiro e o caixeiro-viajante e sobre a criada e o servo. Algumas vezes, ficávamos sentimentais e dizíamos que administrávamos de fato a terra, mas recebíamos somente merda por isso.

E então a festa acabava e os casados dançavam a última música e nós ficávamos na entrada discutindo sobre o lodo ou sobre a União Europeia. E como sempre havia alguém, cuja mulher estava sóbria, porque tinha que acordar cedo para trabalhar, que me levava para casa. Quando eu não estava muito bêbado, tinha fantasias com uma mulher com quem dançava juntinho, mas todo o tempo ficava me lembrando de que precisava acordar às seis, porque não tinha condições de pagar um substituto para cuidar das vacas.

Agora todos eles vão para casa, para a sua maldita varanda com entalhes, e cobrem seus filhos adormecidos, pensei, e amanhã a mulher passa um café forte para ele, para que possa ter mais energia, e faz uma massa de pão e salsicha. Para que, aliás, estou vivendo, maldição!?

Eu nem me envergonho de ter escrito para aquela agência que me mandou uma foto de uma filipina para dar uma olhada, mas quando recebi o catálogo, uma cópia suja e malfeita com fotos em preto e branco, meu estômago revirou. Pergunto-me de repente o que a mulher bege do cemitério teria pensado se me visse folheando aquele catálogo. Creio que nunca fui tão baixo em minha vida.

7

Relógios de parque
Durabilidade de encontros
Último dia de pagamento
Metástase dos corpos sociais

POR UM LONGO MOMENTO, RELUTEI EM VISITAR O TÚMULO de Örjan. Aos poucos, está ficando mais frio, dizia para mim, não quero sentar ali e pegar uma inflamação nos ovários. Vamos correr o risco, diziam os ovários, nós queremos examinar o lenhador com um pouco mais de atenção.

Certo dia, simplesmente me levantei no meio de uma discussão sobre o orçamento anual da biblioteca e fui para o cemitério.

Obviamente, o lenhador não estava lá. Aliás, eu não estava certa se o reconheceria novamente caso ele vestisse outra roupa e aparecesse sério.

Mas teria reconhecido o seu sorriso. Em qualquer lugar deste mundo.

Sinto muito, Örjan, meu moreno, belo e bem-intencionado Örjan. Ter alguém que se senta ao seu túmulo e pensa em outras coisas! Embora... se fosse eu que estivesse embaixo da terra e Örjan sentado no banco, suponho que ele teria um binóculo para observar os pássaros.

Quando nos casamos, minha paixão já havia acabado. Ela se foi como um bronzeamento de férias — quem percebe quando ele vai embora? Mas ao contrário do bronzeamento de férias, ela nunca voltou. E houve fases do meu casamento nas quais eu pressentia algo atrás das montanhas que nunca chegaria a ver, pelo menos não com Örjan.

Nessa fase exigia muito de Marta. Baldes de chá até as três e meia da madrugada.

— Não se pode ficar apaixonada por toda a eternidade, né? A paixão é substituída pouco a pouco pelo amor, algo mais duradouro, com o qual se pode construir algo, não é verdade? Um amor que consiste em uma amizade calorosa inclusive com sexo? — eu lamentava. Um milagre não ter enchido o saco dela. Na sua casa, os livros de terapia do amor ficavam no banheiro e, quando necessário, podiam-se rasgar algumas páginas.

— É muito cansativo convencer a si mesmo, né? — disse ela impassível, encarando-me com sua eterna cigarrilha. O princípio de Marta era: escute seu coração.

— Örjan tem tudo — eu dizia teimosa.

— Segundo o Código de Defesa do Consumidor? — suspirou Marta — o melhor nos testes, escolhido entre os homens de vinte e cinco a trinta e cinco anos? Será que ele existe mesmo ou é somente um protótipo? Você já viu se ele funciona a bateria? Você percebeu um zunido vindo do ouvido dele...

Logo depois, Robert vendeu o carro de Marta e fugiu para Madagascar, sozinho. Por um momento, o seu rosto se desmanchou, mas ela se recuperou logo, mostrando todo seu ódio por ele, derramando algumas lágrimas, trabalhando como uma louca e manifestando mais ódio ainda à noite, antes de ir para cama. E quando ele chegou três semanas depois em casa, bronzeado e bonitão, ela o recebeu de braços abertos.

Com isso eu decidi. Se fosse isso que se escondia atrás das montanhas, então estava acabado.

Assim me incumbi da tarefa de ser "casada e feliz". Durante meio ano vivemos um casamento tão confortável como pantufas lasseadas. De modo solidário, dividimos os gastos e as tarefas da casa, organizamos festas com nossos colegas, compramos vinhos gregos e legítimo queijo búlgaro de cabra. Conseguimos verdadeiros achados no leilão de antiguidades e os restauramos, recortávamos artigos interessantes de jornal um para o outro.

Nossa vida na cama era um pouco problemática e costumávamos culpar a falta de sensualidade na minha infância por isso. Örjan se esforçava nas preliminares, que duravam no mínimo meia hora, mas eu continuava seca como uma lixa, que até rangia.

Claro que eu nunca o conheci de verdade.

Mas de modo algum ele teria guardado segredo — quando questionado, ele respondia prontamente a tudo o que eu queria saber, desde suas preferências políticas até o nome de solteira de sua mãe. Mas...

"As pessoas na foto não têm nenhuma relação com o conteúdo do artigo", lemos às vezes no jornal. A personalidade de Örjan pode ser pontualmente descrita por essa formulação obscura. Então parei de perguntar.

Ele também não perguntava muito. E, quando fazia isso, lia-se em sua testa: "Estou mostrando interesse". Assim parei de responder, mas isso não o incomodava.

Sentíamo-nos ainda mais unidos quando discutíamos sobre amigos e conhecidos que se divorciavam depois de tempestuosas sessões de terapia. Adorávamos discutir detalhadamente os seus erros e depois íamos para nossa cama caríssima e eu rangia menos do que de costume.

Mas nunca, nem uma única vez sequer, um óvulo deu cambalhotas dentro de mim — apesar dos esforços de Örjan nas minhas zonas erógenas.

Depois de quase congelar minha bunda no banco do cemitério, fui embora. Hoje, sem lenhador, ha ha! Ele também não estava ao lado do túmulo nas outras duas vezes que estive lá.

Na terceira vez, encontrei-o no caminho de volta, na porta do cemitério. Ele carregava galhos de pinheiro, uma pequena guirlanda com flores brancas de plástico e uma vela de sete dias. Verdade, era o Dia de Todos os Santos! Ele me cumprimentou com a cabeça como um velho professor do primário como se quisesse dizer: "E aí? A *sua* vela já está no lugar certo, senhorita?".

Pensei em Marta e sua grande paixão. Começou assim? Você foi para algum lugar que nem queria ir, e aí pés e ovários começaram a ter uma vida própria?

Uma guirlanda de flores de plástico! Örjan teria se divertido muito — porque rir, isso ele sabia.

Na semana seguinte não fui ao cemitério. Meus pés e ovários tinham que ser bem instruídos, de outra forma seria ridículo.

Olof, diretor da biblioteca e recém-divorciado, me perguntou se não queria comer alguma coisa depois do trabalho. Fomos a um recém-inaugurado *pub* que fora decorado cuidadosamente num estilo que não existia em nenhum verdadeiro *pub* inglês desde os anos trinta. Olof tinha uma franja cinzenta que parecia de um moleque e que caía no rosto quando ele se agitava e longas mãos brancas que ele gesticulava elegantemente. Acho que ele começou com isso quando, na juventude, estudou na Sorbonne.

Comemos espeto de cordeiro. Bebi vinho e Olof uma cerveja belga escura, da qual ele falou longamente enquanto sua franja caía sobre a testa. Então discutimos Lacan e Kristeva e canto gregoriano, daí fomos para minha casa e fizemos amor. Foi muito tranquilo, eu já estava mesmo há muito tempo sem um homem.

Mas dessa vez os ovários também não se agitaram.

Depois que levantamos, tomamos banho e esvaziamos uma garrafa de licor, ele me mostrou fotos de seus dois filhos e me contou detalhadamente sobre o tratamento ortodôntico de sua filha. Então ele chorou. Acho que nós dois nos sentimos aliviados quando ele se foi.

Depois disso, por muitos dias não pensei mais no lenhador. Supostamente, é assim que se faz quando se quer instruir os ovários. Tome de vez em quando um amante na hora de dormir, para manter o sistema em curso. Meu interesse no lenhador foi apenas um sintoma de um déficit aparente, como unhas frágeis são uma indicação de falta de vitamina B. Alguns comprimidos de levedura e tudo voltará à normalidade.

8

EU SOU O MAIOR PATETA DE TODA A SUÉCIA. VOU ACABAR no museu a céu aberto de Skanden, empalhado. Sinto isso toda vez que vou à cidade e também frequentemente quando assisto à TV, por exemplo. Sem dúvida, eu não pertenço ao terceiro milênio. E isso não vale apenas para o que penso, mas também para minha aparência.

Eu sou do campo e visto roupas escolhidas por um catálogo. Tenho trinta e seis anos, um eterno solteirão aqui na vila. Hoje em dia as mulheres me olham menos.

Eu era o melhor lançador de dardos da escola... Há vinte anos! Meu Deus, onde ficaram os anos? Um quarto de minha vida se esvaiu sem que eu conseguisse tirar o nariz do estábulo.

Mas não são somente as roupas que fazem de mim um pateta, muitas pessoas neste país se parecem comigo, mas nem de longe se sentem insatisfeitas. É que para ser gentil eu frequentemente realizo coisas que me fazem parecer inferior. Não tenho boas maneiras. Só andava pela fazenda e, além das vacas, não tinha ninguém para conversar.

Como anteontem, por exemplo. Foi Dia de Todos os Santos. Desde que papai morreu, mamãe e eu íamos ao cemitério todo ano no Dia de Todos os Santos e ali acendíamos uma vela. Mamãe comprava sempre uma coroa de pinhas ou de flores brancas de plástico, que deveriam durar algum tempo, já que não tínhamos tempo para ir com frequência ao cemitério. Agora, é ela que está embaixo da terra e que deveria receber uma coroa.

Encontrei a mulher bege na entrada do cemitério. De repente, me pareceu que ela estava imaginando que o cavalheiro do tango lhe daria novamente seu sorriso louco, mas eu franzi a testa, meneei a cabeça e segui adiante.

E então.

E foi assim, como se alguém tivesse me atingido bem entre os olhos.

Fiquei decepcionado porque ela se foi! Por longas semanas, dizia a mim mesmo como seria agradável sentar-me no banco sozinho e meditar. Mas agora gostaria de tê-la ao meu lado. Queria saber para onde ela foi assim que deixou o cemitério.

Eu comecei a segui-la a certa distância. As pessoas se assustavam ao me ver andar de lá pra cá sorrateiramente com uma coroa de flor e uma vela na mão. Temendo que ela pudesse de repente olhar para trás, escondia-me às vezes atrás de um carro estacionado.

Mas ela não o fez. Atravessou rapidamente metade da cidade, indo direto para a biblioteca.

Ela se parece com uma daquelas que leem livros por prazer e sem interrupções. Grossos, com letras miúdas e sem imagens.

Fiquei parado e indeciso na entrada da biblioteca. Até mesmo o maior pateta entende que não se adentra numa biblioteca com uma coroa de flores e uma vela na mão. Imaginei como deveria colocar a coroa de flor sobre a prateleira de chapéus, a vela sobre o balcão de empréstimo e como perguntaria na recepção se alguém tinha visto uma garota bege.

Talvez ela tivesse saído logo em seguida, com uma bolsa cheia até as bordas. Seria sua cota diária de livros? Mas quanto eu deveria esperar? As pessoas me encaravam de modo estranho agora. O pateta nacional devolveu o brilhante sorriso do cavalheiro do tango e abanou esperançoso a vela. Olhe, eu sou totalmente inofensivo! Só estou na condicional.

De repente dei meia-volta e comecei a andar pela cidade, de volta ao cemitério.

O que não fez com que as pessoas me olhassem menos.

Para onde será que ele vai com tanta pressa com uma coroa de flor? O que é isso? O que aconteceu? Onde está o cadáver?

Como as pessoas podem ser estúpidas!

9

Sonho com um aroma de flores de maçã —
Você oscila sob cestos pesados.
Quem de nós sabe algo sobre maçãs?

— PARA VOCÊ NADA DISSO É PROBLEMA — DISSE LILIAN, insinuante. Ela é a colega na biblioteca que prefiro não encontrar, porque ela se aproxima ofegante — com saltos muito barulhentos e com as mãos cheias de objetos obsoletos, que ela carrega de lá para cá com um semblante solícito. Ela está sempre cansada, não trabalha de forma eficaz e se esforça para que ninguém se sinta bem com seu trabalho.

— Claro — ela suspira então, torcendo sua toalha Kenzo como uma corda. — Quer dizer, você tem tempo suficiente à noite. Pode se dedicar totalmente ao seu trabalho.

Ela dizia isso com uma sugestão agressiva, como se de alguma maneira eu estivesse trapaceando. Adulta e sem família, uma fura-greve vestida de mulher.

Vaca! Especialmente quando ela inclina a cabeça e me pergunta "Já que você não tem família... será que não pode cobrir meu turno à noite e aos domingos?"

Eu tinha acabado de ser promovida à diretora da seção de livros infantis, sobretudo porque nos últimos anos eu havia organizado muitos eventos, como tarde dos contos de fadas, apresentações de teatro, festival de livros infantis e uma exposição com desenhos infantis. A senhora Lundmark, que até então era a responsável pela seção, deveria se aposentar em breve e queria trabalhar somente meio período. Ela considerava o livro da escola primária como norma para a boa literatura infantil, mas há muito tinha perdido o interesse. Quase não a víamos, porque ela ficava lá embaixo no estoque. Para ela, era sempre bom quando eu dava um pouco de vida à sua antiga seção sem graça. Ela me dava toda liberdade, mesmo não pertencendo à minha área de trabalho. Na verdade, eu fazia isso tudo porque sou secretamente fascinada por crianças.

Secretamente! Pois isso não se pode demonstrar quando se é uma viúva sem filhos com quase trinta e cinco anos! Se eu apenas colocasse uma criança no colo, teria estimulado a compaixão no meu círculo de amigas — com exceção de Marta —, e isso eu não queria. Elas afirmariam que não deixariam de ter filhos, mesmo que frequentassem terapia familiar e/ou fossem divorciadas, pudessem trabalhar somente meio período e fossem pobres. Elas lamentavam que as crianças não queriam dormir à noite, que se pegavam com seus irmãos, que vomitavam durante um passeio de carro e nunca queriam fazer a lição de casa, e reclamavam ainda do preço do leite, das chuteiras e das aulas de montaria. Então diziam que precisavam sair mais cedo, pois "Pelle tinha febre e Fia precisava ir ao dentista". Ou eram "mães que, na cidade, estavam a caminho", caso não corressem de imediato para a reunião de pais ou para os cursos de dança japonesa.

“Para você não tem problema algum fazer hora extra”, elas diziam sempre, “você está numa boa”.

Por isso criei o costume de voltar à noite para o trabalho e fazer hora extra em segredo. Pois eu sentia certa alegria perto daqueles desenhos infantis divertidos e organizava tardes de contos de fada apenas para olhar as crianças furtivamente, enquanto elas ouviam as histórias. Com olhos esbugalhados, a boca semiaberta, o corpo voltado para o conto como uma flor para o sol.

Eu era uma espécie de *voyeur* de crianças.

Vergonhosamente, nós, sem filhos, não devemos demonstrar nenhum interesse em crianças, pois isso parece provocar os pais “de verdade”.

“Se você soubesse”, eles suspiravam. “Algumas vezes queremos jogá-las contra a parede.”

Supostamente elas me querem bem.

Claro, eu sei: o relógio biológico faz um tique-taque cada vez mais alto. Marta também não tem filhos, porque a sua grande paixão não quer ter mais esse fardo. Ele trabalha duramente para pagar a pensão para os três que ele já tem, com três mães diferentes. Certa vez, ela disse com um sorriso torto que pais realmente não deveriam ter filhos, porque não saberiam amá-los.

Ao contrário de nós. Só que nós nunca precisávamos limpar o vômito no banco do carro.

— Bom, eu nunca poderia ter aceitado uma vaga de dirigente de seção — disse Lilian. — Isso provavelmente causaria uma catástrofe por semana em casa, pelo menos até o mais novo ir para o serviço militar. E você também recebe um salário um pouco mais alto. Assim, talvez alcance o salário inicial de um guarda de parque. E poderá pagar o seu crédito de estudos antes de sua morte! Eu nem tenho o suficiente para participar dos Vigilantes do Peso — mas, sem problemas, também não tenho o necessário para comprar comida, ha ha! Provavelmente foi o Olof que te recomendou, eu imagino...

Ela conseguiu, de um só fôlego, culpar-me pelo fato de que seus filhos tinham fome e insinuar que, na verdade, eu só consegui o trabalho porque tinha dormido com o chefe. Legal, Lilian! Para você, no futuro, não haverá mais domingos livres!

Relógios biológicos. Imagino-os como despertadores grandes, com um pequeno martelinho, que bate histericamente entre dois sininhos redondos, até você acordar em pânico só querendo se reproduzir. Eu me pergunto se esse relógio biológico não tem uma função soneca para que se possa adormecer por mais cinco minutos e depois ser despertada de vez. Se for assim, muito obrigada!

O que esse relógio biológico fez comigo? Reações perversas com um lenhador! E nem sei se ele já não tem uma turma completa de filhos, todos com o mesmo gorro de lenhador. Fico imaginando eles andando em fila atrás dele, com pequenas pás nas mãos.

Amanhã vou fazer trinta e cinco anos. Não haverá café da manhã na cama, isso já está claro, porque Marta está em Copenhague com sua grande paixão, e meu pai nunca conseguiu lembrar um aniversário que fosse, isso sempre foi tarefa da minha mãe. E minha mãe, bom, ainda se lembra dos aniversários, ela sempre levanta e comemora o de alguém, às vezes até no meio da noite, pelo menos é isso que os enfermeiros de sua ala dizem, mas as datas nunca correspondem ao dia.

No trabalho, eles esperam que eu convide todo mundo para uma torta de marzipã, senão não ganharei aquele maldito vaso de cerâmica da loja de artesanato que eles compraram com uma vaquinha.

Örjan sempre me presenteou no meu aniversário. Coisas de bom gosto, práticas e impessoais. Uma torradeira caríssima, um capacete de bicicleta e, uma vez, uma blusa de lã norueguesa. Mas nunca me trazia o café da manhã na cama, ele achava que podíamos estragar nossos caros edredons de penas.

10

A ENCOMENDA DE OUTONO ESTÁ PRONTA E NESTE ANO NÃO quero trabalhar muito na floresta, no máximo vou podar algumas árvores. Na verdade, eu deveria começar agora a consertar os veículos e as ferramentas, cimentar novamente a base para o monte de esterco e pintar o salão das máquinas.

Mas não faço nada.

Os dias passam e às vezes eu saio do estábulo, deito no banco da cozinha e fico olhando o teto. Pois quando eu olho pela janela só vejo o que ainda não fiz. Algumas vezes leio *O País*, as duas partes. Ocupo-me meticulosamente de todos os anúncios de classificados e de todos os óbitos do jornal regional. Não faz sentido começar coisa alguma, pois daqui a pouco já é hora de ordenhar.

Cinco anos atrás, éramos ainda dois fazendeiros aqui no vilarejo. Bengt-Göran também tinha assumido a fazenda de seu pai e à noite tomávamos cerveja e planejávamos deixar as vacas pastarem juntas e construir um estábulo de ordenha. Mas o cunhado de Bengt-Göran, que trabalha na seção financeira da administração do distrito, chegou à conclusão de que esse negócio seria uma furada. Aí Bengt-Göran encontrou Violet, e ela adorava viajar. Bengt-Göran tinha alucinações com Violet na praia, rodeada de caras bronzeados, com peito peludo e cruz de ouro no pescoço, e certo dia ele vendeu as vacas e passou a acompanhar Violet em suas viagens. Então passou à criação de carne bovina e, quando viajava, quem tomava conta era um desses ecologistas malucos. No inverno, ele ganhava um pouco mais, mas tirando neve das ruas. Eu o vejo raramente.

No último outono, antes de saber que mamãe estava doente, toda noite eu pegava o carro e dirigia pelas redondezas visitando as pessoas. Quer dizer, os que ainda viviam na aldeia. Os mais velhos me convidavam para um café e contavam sobre suas doenças. Os mais jovens tinham sempre que levar as crianças para a cama ou pintar as prateleiras da cozinha. Mas, sempre que uma prima ou uma amiga chegava de visita, eles me convidavam na sexta à noite para jantar, então comíamos alce assado, bebíamos algumas cachaças e às vezes até dançávamos. Mais tarde, eu ficava sozinho com a visita e, depois de beber o suficiente, deitávamo-nos em algum lugar e fazíamos aquilo. Mas nunca passou disso. Neste outono, não saí com o carro e não visitei ninguém, mas de vez em quando alguém me visita. "Você é um bom vizinho" parecem dizer em suas testas. Mas talvez eu esteja apenas imaginando isso.

Quando, recentemente, fui à cidade para tratar de negócios no banco, vi a mulher bege. Ela estava a caminho da biblioteca e, pelo que pude notar, não levava livro algum. Veio-me a ideia de que ela deveria trabalhar lá. E então... Quando resolvi minhas pendências no banco e saí para a rua, imediatamente percebi minhas botas marcharem diretamente para as portas de vidro da biblioteca. E era eu que estava dentro dessas botas! Foi estranho.

No pátio coberto, fiquei nervoso e cheirei com receio a gola de minha jaqueta para ver se cheirava a estábulo.

Aí a descobri. Ela estava inclinada para frente e conversava com uma criancinha, apontando algo em um livro. Elas riam.

Eu andei a passos largos e a cutuquei no ombro. Ela se ergueu com a testa franzida. Assim que me viu, pareceu embaraçada e um pouco receosa. Eu também não estava menos perturbado.

— Olá... Bom dia... Vocês têm... Vocês têm por acaso alguns livros sobre apicultura? — perguntei e me esforcei para não dar meu sorriso de assassino.

— Acho que sim, bom dia pra você também — disse ela de maneira entrecortada. — Você pode perguntar no balcão de informações. Estou no meu horário de almoço.

O pateta nacional se prepara para dar o bote.

— Por acaso, você não gostaria... de... ir comigo ao cemitério?

Ela me olhou por muito tempo.

— Pelo jeito você pergunta isso a todas — ela disse, então riu como uma criança em férias de verão.

A partir desse momento, tive falhas de memória, mas sei que nada foi complicado e estranho.

Ela pegou seu casaco e seguimos. Até mesmo sua touca felpuda me agradava. Com as estampas de cogumelos e tudo.

Fomos a um restaurante qualquer e não tenho ideia alguma do que comemos e do que dissemos. Não, uma coisa ainda sei. Quando eu quis pagar a conta, ela disse:

— Muito obrigada. Sabe, hoje eu faço trinta e cinco anos e este é meu presente de aniversário.

De uma só vez, duas coisas se tornaram claras.

Ela não esperava nenhum outro presente.

E eu me apaixonei por ela.

Não foi um clique. Foi mais como aquela vez em que, sem querer, esbarrei na cerca elétrica.

11

O calendário está cheio
de vagos dias de santo
e de asseguradas luas cheias.
Temos somente de aproveitar a chance.

EU ESTAVA EM PÉ NA BIBLIOTECA E CONVERSAVA COM UMA menininha zangada que achava a Branca de Neve bem estúpida. "Que ela não tenha reconhecido sua própria madrasta no momento em que ela chegou com a maçã... Que ridículo!", disse ela. Nós rimos.

Aí alguém me cutucou no ombro. A sensação foi de ser tocada pelo braço da lei, mas era o lenhador. Ele vestia sua jaqueta ultracolorida de costume, mas estava sem o gorro e sobre a sua testa caíam madeixas louro-acinzentadas. Ele parecia zangado e, em um tom autoritário, cuspiu uma reclamação ininteligível. Eu tive a impressão de que ele queria reclamar pelo fato de eu não estar cuidando do túmulo e demorou um tempinho até eu entender que ele procurava um livro.

— Vá perguntar no balcão de informações, agora estou no meu horário de almoço! — resmunguei.

O seu rosto se agitou incontrolavelmente. Depois ele perguntou se eu queria ir ao cemitério com ele.

A criança o observou com interesse.

E de repente ficou claro que eu devia ter entendido algo errado e que ainda havia muita coisa que eu não tinha compreendido.

Então saímos e almoçamos. Ele devorou quantidades incríveis de gulache, beterraba, pão e leite, e bebia ruidosamente. No entanto, eu apenas me sentei ali e desfrutei do calor do seu sorriso. Sem o gorro e, com um rosto animado e atento, ele nem parecia triste, nem de meia-idade, simplesmente muito real. E o cabelo estava verdadeiramente desgrenhado, como o de um *troll*.

A nossa conversa era alegre e caótica e não desperdiçamos nenhuma palavra com Kristeva e Lacan — conforme me recordo, falamos sobre terras e loteamentos, sobre as várias etapas para cimentar algo, sobre aves, sobre a Basílica de São Pedro e sobre unhas dos dedos do pé. Ele me entendia tão rapidamente que tive a sensação de transmitir meus pensamentos.

Contei que hoje era o meu aniversário e de alguma maneira ele entendeu que não fui atolada de presentes.

— Agora você vem comigo! — ele disse, vestindo o gorro e me ajudando com a mão. Então ele me deu um puxão e me levou correndo até o *shopping* Domus, onde começou a comprar presentes de aniversário. Ele não me perguntava o que eu queria, mas, assim que se decidia por algo, exigia que eu fechasse os olhos. Andamos por todos os três andares, aí nos sentamos em uma cafeteria e pedimos bolo.

Ele espalhou todos os presentes cuidadosamente embrulhados sobre a mesa e me olhou ansiosamente. Sem nenhum fingimento, eu me joguei sobre eles com fervor, desembrulhei um após o outro e dizia entusiasmada: "Oooh!", "Que lindo!" e "Ah, não precisava se incomodar!".

No térreo, ele comprara um par de brincos do Mickey, um sabonete em forma de borboleta e uma meia-calça lilás. No outro andar, uma bola vermelha brilhante; um pôster no qual se vê um pôr do sol no mar e a silhueta de um casal apaixonado, de mãos dadas, dentro de uma enorme concha; e por fim um gorro tão horrível quanto o dele, mas sem a inscrição "NÓS, LENHADORES".

No último embrulho tinha uma gaita.

— Você sabe tocar gaita? — ele me perguntou.

Eu neguei com a cabeça.

— Legal! Eu também não! Eu já sabia que tínhamos algo em comum! — ele sorriu.

No momento em que ele ia atacar o terceiro pedaço de bolo com o garfo, seu corpo todo se paralisou. Seu olhar se deteve no relógio.

— Tenho que ir! — ele gritou. — Eu já deveria estar em casa há muito tempo!

Aí ele se levantou tão bruscamente que os presentes caíram por toda parte e ele saiu correndo em direção à escada rolante. Assim que pôs os pés na escada, ele se virou.

— Qual é o seu nome? — berrou.

Eu me senti bastante estúpida quando respondi: "Desirééééé!". Todos os olhos à nossa volta se dirigiram para mim.

— O quêêêê? — ouvi da escada rolante, mas aí ele já havia desaparecido.

— E o nome dele provavelmente é Cinderela — murmurei para o meu pedaço de bolo. "Cuidado para não perder as botas."

Quando retornei, três horas depois e sem a torta de marzipã, um ar estranho pairava na sala de café da biblioteca..

12

O ANIVERSÁRIO ACABOU SENDO CARO. NÃO OS PRESENTES, isso não — mas quando cheguei ao estábulo, uma hora e meia depois da hora de ordenha, o rugido das vacas quase me derrubou. Comeram toda a ração, estavam deitadas sobre o esterco. Elas estavam tão teimosas que me deram trabalho por horas. Mas, somente quando esterilizei a máquina de ordenha, me dei conta de que o leite de uma das vacas, que estava sendo tratada com penicilina, misturou-se com todo o leite do tanque. Ainda que isso me custe alguns milhares de coroas, que aliás eu nem tenho condições de bancar, levará muito mais tempo para jogar todo esse leite fora. Mas tudo valeu a pena. Realmente.

Desde os meus quinze anos, não me ocorria uma trapalhada tão grande como essa. Na época, mamãe trabalhava em uma enfermaria ambulante e eu era responsável pela ordenha depois do almoço, quando voltava para casa depois da escola. Havia um exame final importante de matemática e, durante o trabalho, pensava sobre um teorema qualquer, pois eu tinha medo de perder minhas boas notas. Isso não se deve fazer. Fazendeiros devem estar o tempo todo tão atentos como pilotos de guerra, papai costumava dizer. Caso contrário, são atropelados pelo trator, têm a barriga furada por chifres ou cortam as coxas na serra elétrica. Daquela vez, tivemos de jogar fora setecentos litros de leite. Papai foi até os tonéis de água da chuva, enfiou sua cabeça ali, mas não disse nada. Eu sei que por toda a sua vida ele se culpou por eu ter perdido os dedos na serra, quando eu tinha quatro anos.

Na verdade, a nota em matemática era de pouca serventia para mim. Quando papai morreu, larguei a escola e assumi a fazenda. Mamãe não queria isso. Ela teria preferido desistir da fazenda, embora fosse herança de sua família. Tomei a decisão numa noite de verão, quando vi como mamãe se sentava sob uma árvore no terreiro, abraçando o tronco e mirando os prados.

Eu me sentia como um verdadeiro homem-diabo. Quando meus ex-colegas de classe passavam para me visitar, eu vinha acelerando com o grande trator sobre o campo, pulava com minhas botas de bico de ferro e cuspia meu fumo de mascar. Tudo deu certo com a ajuda do meu avô. Então, ele morreu e passei a receber cada vez menos visitas. Provavelmente eles ficaram de saco cheio porque eu estava sempre trabalhando e só sabia falar sobre o peso do abate e os preços da madeira industrial quando os encontrava. Eu posso entendê-los.

Basta! Agora vamos lá! O controle do cio das vacas está chegando — eu não posso deixar passar o tempo do cio. Além disso, preciso limpar o rastelo, antes que comece a grudar terra. Ligar para a veterinária. Ir ao banco amanhã. Estou atrasado com a contabilidade. E a lenha está quase no fim.

Está frio para burro em casa — não consegui acender o fogo antes de ir ao estábulo. Vai demorar uma hora até que eu possa tomar banho. Amanhã cedo tenho de cortar mais lenha antes de ir ao estábulo, para que eu possa tomar banho depois da ordenha matinal. Pois eu tenho de voltar à cidade de novo e reencontrá-la. Não, merda! Amanhã, tem a técnica de inseminação e nunca se sabe a que horas a veterinária chega! Merda!

Não consegui fazer compras. O velho arenque na lata de conservas aberta é provavelmente prejudicial à saúde — se eu morresse de intoxicação alimentar, ela nunca saberia disso. Ela não sabe nem mesmo como eu me chamo! Será que se perguntaria por que eu não dei mais sinal de vida?

Mas pelo menos eu sei como ela se chama! Ou pelo menos quase. Pego um pedaço de pão sueco já murcho com manteiga um pouco rançosa e começo a procurar pelo sobrenome Wallin na lista telefônica.

Há oito, mas nenhum com primeiro nome feminino. Há uma dona Wallin na rua Kofferdistgatan — eu não entendi quando ela gritou o seu nome, mas soou como algo que começava por "D". Apenas um pateta liga para um desconhecido e pergunta por "alguém com um nome que começa com D".

Mas com certeza vou sexta-feira para a cidade, por volta do meio-dia.

Não! Sexta-feira tem o controle de ordenha e o assistente vem. Merda! Merda! Merda!

Na manhã seguinte, acordo no sofá da sala com a metade de um pão com manteiga em uma das mãos e um sorriso bobo no rosto.

13

O cavaleiro caiu do cavalo,
os totens estão cheios de cupim,
e a máquina a vapor precisa ser
reinventada sem parar —
apenas o nascer do sol não muda.

QUANDO CHEGUEI EM CASA, TIREI OS SAPATOS, PULEI NO sofá e tirei da parede uma réplica de Käthe Kollwitz, que era a menina dos olhos de Örjan. Era uma pintura a carvão de uma mulher arrasada, chorando. Por fim, preguei na parede o pôster com o casal dentro da enorme concha.

Então tirei toda a roupa, coloquei os brincos do Mickey, vesti a meia-calça lilás e enchi um copo com vinho quente, já frio, que brindei comigo mesma. Essa era a única bebida alcoólica que havia em casa.

Fiquei sentada ali enfeitada a noite toda, tentei tocar de ouvido "Menina a bailar" na gaita e deixei as ideias voarem. Finalmente, entrei na banheira e tomei um longo banho quente, brinquei com a bola vermelha na água e me acariciei com o sabonete de borboleta.

Já tive aniversários mais chatos!

Assim que peguei no sono, o telefone tocou. Como ele descobriu meu número de telefone? Pensei logo em seguida. Mas era Marta, de Copenhague. Ela me deu os parabéns pelo aniversário e desculpou-se por não ter ligado mais cedo. Aparentemente, ela e Robert haviam sido presos pela polícia por qualquer razão obscura. Ela não pôde dar mais detalhes, porque ainda estava na delegacia. Eu estava tão claramente distraída que Marta logo percebeu.

— Agora rolou! — ela disse. Marta farejava como um cão todas as situações, menos para as dela.

— Eu encontrei o cara do túmulo ao lado! — falei rindo.

Estranhamente ela se calou. Então ouvi alguém no fundo xingando em dinamarquês, e a ligação caiu.

Na quinta-feira, ele não apareceu na biblioteca. Deixei cair as fichas e apaguei sem querer um arquivo importante no computador.

Na sexta-feira, ele também não veio. Tirei os brincos do Mickey na hora do almoço. Lilian riu e falou que, francamente, aqueles brincos não combinavam com meu estilo. Eu também ri e disse que havia ganhado de presente de uma das crianças das tardes de contos de fada.

O que era quase verdade.

Por volta das três, sexta-feira depois do almoço, Olof me entregou o telefone.

— Alguém deseja falar com uma tal "senhorita Wallin" — ele disse. — Só pode ser você.

Meu estômago revirou, como se eu tivesse comido algo estragado. Meus dedos deslizavam hesitantes sobre o telefone.

— Pois não, Desirée Wallin?

— Desirée? — ele disse. Em seu forte dialeto soava como "Déisirai". Mas sem dúvida era ele. Agora, reconhecia sua voz.

— Meu nome é Benny, Benny Söderström. Eu simplesmente procurei o nome Wallin. Da lápide.

— Sim.

— Podemos nos encontrar amanhã? Na entrada do cemitério, por volta da uma?

— Sim — repeti monossilábica.

Silêncio.

— Já consigo tocar "Menina a bailar" — disse eu.

— Então traga a gaita e me ensine!

— É permitido tocar gaita no cemitério?

— Acho que ninguém vai reclamar. E aí vamos comer algo. Faz dois dias que não consigo engolir nada.

— Eu também não.

— Tá certo. — E simplesmente desligou.

Olof me olhava fixamente. A conversa deve ter soado bastante estranha. Então, ele sorriu melancólico e acariciou o meu rosto. A vida não passou por ele sem deixar vestígios, ele reconhece uma adolescente desnorteada quando há uma diante dele.

Deixei uma caixa de disquetes cair no chão e perdi o equilíbrio quando quis recolhê-los. Não pude parar de rir.

14

NÃO ENCONTREI NENHUMA MEIA LIMPA E, COMO A BOMBA parou de funcionar, não tinha água quente para tomar banho, de forma que cheguei correndo na entrada do cemitério, dez minutos atrasado, sabendo que eu fedia a estábulo. Às vezes, quando vou fazer compras na loja da vila, me esqueço de que ainda estou vestido com macacão de trabalho até perceber que as pessoas fogem de mim. Provavelmente elas acreditam que eu estou com dor de barriga. Hoje em dia, não há muitas pessoas que reconhecem o cheiro puro de um estábulo.

Ela vestia a meia-calça lilás. A cor não combinava com seu casaco.

— Provavelmente, estou cheirando a estábulo, sou mesmo um homem do campo — isso saiu da minha boca antes mesmo de eu dizer "Oi". — Vinte e quatro vacas leiteiras mais a prole. — Nem isso eu consegui contar a ela da última vez.

— E algumas ovelhas — acrescentei. Estupidamente. E olhei para ela de lado, ficando um pouco longe, contra o vento.

Ela me olhava. Então, estendeu seu sorriso de férias de verão lentamente por todo o seu rosto.

— O que significa prole? — ela perguntou

Fomos para a piscina e no caminho expliquei a ela o que significava prole. Aluguei uma sunga azul ridícula, comprei um sachê de xampu e me lavei bem. Então nos encontramos na beira da piscina. Ela fez um pequeno coque nos seus claros cabelos lisos e quase não a reconheci.

O maiô dela era bege, obviamente, e ela era magra, quase esquelética. Não fossem os peitinhos do tamanho de ameixas, ela passaria sem suspeita por um rapaz entre 14 e 16 anos. Sua magreza lembrava antes um galgo faminto — seus movimentos eram, de alguma maneira, eficientes e econômicos. Enfeitiçado, eu seguia sua mão pálida, enquanto ela desenhava no ar imagens relacionadas ao que estava me contando.

Eu sempre pensei que gostava de cores fortes — as mulheres fortes e cheinhas tem mais carne para pegar. Se algum dia eu chegasse perto de suas pequenas ameixas, eu a tocaria apenas com a pontinha do meu dedo indicador.

Eu já tive uma cadela *collie* com a qual quis cruzar com um cão *collie* de *pedigree*. A cachorra tentava fugir — ela simplesmente se recusava a cruzar com aquele cão. Alguns meses depois, deixou ser montada por uma mistura de vira-lata de labrador com cão de caça.

Nem vale a pena refletir sobre isso.

Nadamos um pouco em círculos, apostamos corrida na bicicleta ergométrica e fomos a um café, onde escolhemos duas tortinhas de amêndoas secas e esfareladas. Falamos o tempo todo, sobretudo ela.

De repente, no meio de uma frase, notei como seu pé estava continuamente acariciando a minha canela, então perdi completamente o fio da meada. Gritos de crianças que ecoavam da piscina se misturavam com a palpitação nos meus ouvidos e fui obrigado a pôr a toalha sobre o meu colo. Brincamos um pouco com nossos dedões do pé e eu me esforcei ao máximo para direcionar meu olhar para o seu rosto. Tudo o que vi foi sua boca se mexendo, mas não tinha ideia alguma do que ela falava.

Subitamente, ela tomou minha mão aleijada e mordiscou com cuidado os nós dos meus dedos amputados. Eu fiquei ali, petrificado.

— Agora vamos para minha casa — ela disse.

E a gente foi. Para o seu apartamento bege e branco.

Não me esquecerei disso por toda a minha vida.

Ela destrancou a porta, jogou a bolsa em um canto e o casaco em outro. Então, virou-se, rasgou sua camiseta azul-clara e inclinou a cabeça.

Eu olhei à minha volta e comecei a tirar a calça jeans. Então brochei completamente. Tive a sensação de que éramos exibicionistas na biblioteca municipal.

— A merda de suas estantes cheias de livro me deixam nervoso! — grunhi.

— Essa é nova! — ela sorriu, já pegando minha mão e colocando os nós amputados nos lábios.

Fizemos amor duas vezes, simples assim. Sem luxo — mas parar no meio disso seria tão impossível como frear um trem-bala em velocidade máxima.

Na terceira vez, sussurrei no seu ouvido: "Agora somos como dois cães, grudados um no outro, até que alguém nos jogue um balde de água fria!".

E aí andamos de lá para cá no apartamento, ainda grudados. Ela fritou ovos com linguiça, enquanto eu a comia por trás. Ela amarrou um avental ao redor de nós, do seu ventre às minhas costas.

Fomos para o banheiro e tomamos uma ducha como uma criatura pré-histórica com oito patas.

Pensamos se deveríamos nos enrolar em um lençol e descer para comprar o jornal da noite, assustar as pessoas e treinar passadas de elefante. Mas antes que conseguíssemos ajustar bem o lençol, ela virou os olhos, largou-se no carpete do corredor e murmurou algo ininteligível sobre manchas vermelhas no peito.

Excepcionalmente, não tive de me preocupar com as horas, pois eu poderia convencer Bengt-Göran a assumir a ordenha da noite. Mas amanhã é outro dia. Eu não podia me imaginar nem mesmo um minuto separado dela e por isso pedi que me acompanhasse até minha casa.

Quando fizemos amor pela quarta vez, tive tempo suficiente para sentir como me comprimia. Ela tinha músculos lá em baixo como os das mãos de uma velha vaqueira dos Alpes. E eu disse isso a ela.

Ela esfregou o nariz contra o meu.

— Você acha que pode me ensinar a ordenhar? — murmurou.

15

No amor, alguns se tornam pombas,
Gazelas, gatos, pavões –
Mas eu,
Trépida, úmida e transparente,
Sou sua água-viva?

ÖRJAN E EU ESTÁVAMOS LENDO JUNTOS AS ALEGRIAS DO *amor*. Frequentemente nos massageávamos com óleo e então provávamos de todas as posições, até mesmo a estranha variante da gangorra. Eu fingia orgasmo com frequência. Não apenas para fazer Örjan feliz, infelizmente tenho de confessar — mas algumas vezes simplesmente não podia mais aguentar, pois ele não desistia antes de atingir o objetivo a que tinha se imposto. Ele também agia assim enquanto pesquisador — formulava uma hipótese e não desistia até que a tivesse provado.

Ele tinha lido que, após o orgasmo feminino, manchas vermelhas surgem no peito das mulheres e quando eu permanecia branca como sempre, ele franzia a testa irritado e parecia querer recomeçar tudo desde o início, eu tentava arranjar pretextos dizendo que tinha pouca melanina, ao que ele começava uma exposição sobre a diferença entre a melanina e impulsos nervosos, até que eu, completamente exausta, adormecia.

Eu partia do pressuposto de que não era particularmente erótica.

Estava errada.

Assim que saí do vestiário feminino direto para a piscina, não pude descobrir meu lenhador à primeira vista. Procurei com os olhos por um andar desmazelado e pelo gorro com abas nas orelhas. E então ali estava ele de repente do meu lado, vestindo uma sunga alugada, quadris estreitos e ombros largos, braços musculosos e cheios de veias que se distinguiam como cordas. O rosto e os antebraços maltratados pelo sol, o resto do corpo branco como giz. Os cabelos louro-acinzentados tinham se encaracolado e estavam molhados e castanhos.

Quando, no café, rocei meu pé na sua panturrilha, ele colocou a toalha de banho sobre o colo com um sorriso envergonhado. Isso não me escapou.

Meus ovários deram cambalhotas e eu não os pude levar suficientemente rápido para casa.

Claro que foi Desirée Wallin que passou esta tarde com uma pessoa do sexo masculino em sua casa. Quer dizer, eu ainda tinha o mesmo número de identidade, a mesma carteira de motorista e as mesmas marcas de nascença que tinha pela manhã.

Contudo não era a pessoa de sempre. Talvez se trate de uma espécie de cisão da personalidade, sobre a qual é possível ler nos suplementos de domingo.

Ele não me fez apenas perder a cabeça, ele a fez girar muitas vezes até que ela se desatasse e eu a segurasse como um balão, enquanto meu corpo se torcia e virava de lá para cá. Por horas. Eu até consegui devotar lembranças melancólicas a Örjan quando as manchas vermelhas surgiram.

Quando leio em um livro sobre todos os passos do ato amoroso, acabo bocejando. O desenrolar é, de algum modo, sempre o mesmo. Mas se acontece com a gente, corresponde a nove na escala Richter. Basta pensar e já fico zonza.

No fim da tarde, estávamos cheios de manchas vermelhas e, nos lugares certos, esfolados. Ele pediu que eu fosse para casa com ele, então joguei minha escova de dentes e meu xampu dentro de uma bolsa.

Nenhuma camisola. Mas pus o gorro de aniversário.

O carro dele era inacreditável, quase um caminhão, e na primeira vez tive de ajeitar uma tonelada de tralha velha até que pudesse me espremer ao seu lado. No caminho, paramos em um posto de gasolina e compramos um pedaço de queijo e pão de trigo. Ele fez um vago gesto em direção à prateleira de camisinhas, eu balancei a cabeça e desenhei uma espiral no vidro embaçado do carro. Ela ainda estava ali, como lembrança de Örjan.

Estava escuro quando chegamos à fazenda, por isso eu não tinha ideia de onde estávamos. Mas, com certeza, cheirava a campo. E a casa era grande, pintada de vermelho, e antiga. Ele me empurrou para dentro e sumiu no estábulo, para fazer mais uma ronda noturna.

Por sinal, lá dentro também cheirava a campo e à umidade, bastante desconfortável, para ser sincera. Mofo, leite azedo e cachorro molhado.

Eu tive de conhecer sua casa sozinha, o que na verdade foi uma pena — se ele estivesse comigo, seguraria sua mão esquerda, quente, seca com três dedos. Não havia nenhuma dúvida de que o homem da lápide vulgar morava ali.

Eu comecei pela cozinha. Do teto pendia uma lâmpada com algumas moscas mortas. As paredes foram pintadas de um azul cinzento há pelo menos uns cinquenta anos. Elas estavam cobertas de sujeira de mosquito e quadrinhos bordados em ponto cruz, onde se podiam ver flores de um laranja gritante em cestos marrons, filhotes de gato, pássaros e casinhas vermelhas, algumas das quais com um "Lar, doce lar" escrito. Na janela havia uma fileira de vasos de plantas que estavam igualmente mortas como as sempre-vivas empoeiradas nos vasos negros dos anos 1950. Um banco de cozinha do qual o assento era feito de uma manta de retalhos encardida, um pano de prato manchado, cadeiras com almofadas costuradas com um tecido florido acinzentado. Sobre a geladeira antiga com cantos arredondados, encontravam-se uma rosa de pano dentro de um sapato de porcelana e um gato de plástico, que de tão velho estava quase transparente. Eu pus o queijo na geladeira, que de tão vazia cheirava à compostagem.

Hesitante, fui para o próximo cômodo. Ao lado da porta, na altura do quadril, encontrava-se um grande interruptor preto. Papéis de parede de vinil verde-musgo em relevo davam a impressão de que o musgo havia crescido nas paredes. Um sofá antigo estava coberto com uma manta puída, estampada de diferentes desenhos. De uma cômoda de carvalho erguia-se um espelho oval e diante dele estava um grande televisor. Uma poltrona de canto dos anos 1950, uma mesinha repleta de edições antigas de *O País* — e ainda mais quadrinhos em ponto cruz. Uma reprodução emoldurada de *As respigadoras*.

Eu disse alegremente para mim mesma: aqui poderia ser inaugurado um café alternativo pós-moderno! Então pensei que se esbarrasse nisso na Estônia talvez achasse comovente ou exótico. Mas meu sorriso se desfez definitivamente quando fui para o quarto e vi a cama desfeita e os lençóis acinzentados.

16

ATRAVESSEI A PORTA DO PORÃO EM DIREÇÃO À CASA E TOMEI banho lá em baixo, para não levar o cheiro do estábulo para cima. Além disso, evito a ducha do subsolo, pois, para ser sincero, não consegui limpá-la corretamente. Tenho de pegar o jato de alta pressão se um dia quiser deixá-la limpa novamente. Eu poderia usá-lo, aliás, em outras partes, aqui e ali, na casa. Mas quando, inferno...?

Mamãe trabalhava pelo menos dez horas por dia e eu, aproximadamente, quinze, isso soma vinte e cinco. Mesmo se usar os dedos dos pés para ajudar os da mão, eu não conseguirei. O que sei é que o piso recém-esfregado, com os pãezinhos feitos em casa e os lençóis bem passados desapareceram.

Enquanto estava na ducha e cantarolava, imaginava sei lá por que, como ela, minha querida bege, flutuava neste momento com suas mãos finas e pálidas sobre a mesa da cozinha, fazendo um delicioso assado de bife enrolado em salmoura, como antigamente, um pão crocante e adocicado e uma cerveja gelada. E ainda rolinhos de *waffle* mergulhados em açúcar cristal.

Claro que ela não fez isso. Onde ela encontraria rolinhos de *waffle*? Ela ainda não havia aberto a sacolinha que trouxemos do posto nem colocado a água do chá para ferver. Com os ombros recolhidos, estava de pé na frente da estante na sala e fitava a lombada dos livros. Oh, coitada, ali não havia nada a descobrir.

Meus antigos livros de escola e alguns do círculo de leitura de mamãe — e quinze antiquíssimos anais da revista da associação dos agricultores.

Eu não me senti muito bem. Em seu apartamento eu me senti completamente fora de mim quando vi duas paredes repletas de livros.

— Procura por um livro de cabeceira? O que você prefere: *Química no ensino fundamental* ou a edição de 1956 do periódico dos agricultores? Nesse ano, bastante coisa aconteceu na área de engorda dos porcos — falei. Ela sorriu um pouco cansada. Certamente, não foi um sorriso de férias de verão.

Fomos para a cozinha e pegamos as xícaras do armário e colocamos água para ferver. Ela sentou-se à mesa e folheou *O camponês*.

Foi um pouco estranho. Quer dizer, ela esperava ser servida.

— Eu tive formação superior — disse ela, de repente. — E normalmente consigo responder a perguntas de *quiz* sem trapacear. Mas eu nunca tive a mínima ideia de que existe algo como protetor de úbere e reboque agrícola.

Fiquei em silêncio. Ela queria chegar a algum lugar com isso. Coloquei o pão na mesa e em seguida ela o pegou, distraída.

— Quero dizer que você, com certeza, trabalha com isso todo dia e sabe todas essas coisas. Isso não é menos estranho para você do que as teorias de Lacan para mim.

— Teorias do quê? — perguntei. — Lacan? Algum dos caras que inventou o separador de leite?

Estava claro que ela queria ser gentil. Que eu não precisava me sentir idiota por não possuir livros e por não ter estudado e que, à sua maneira, ela também não sabia tudo etc. e tal. Apesar disso eu fiquei irritado. O que de fato lhe aconteceu para ela querer me consolar por eu não ser como ela? Eu devo parecer bastante amargo, pois ela me observa de lado com sua franja.

— Quero dizer apenas que aqui no banco da cozinha tinha que estar sentada uma menina de tranças loiras para falar: "Benny, você viu que neste ano há novos modelos de protetor de úberes para vacas! E você não deveria investir 2.400 coroas em um reboque agrícola?". Eu não tenho a mínima ideia do que você faz.

— Se eu estivesse procurando uma mulher assim, teria posto um anúncio de relacionamento no jornal. "Procura-se mulher com habilitação em tratores, não importa a aparência. Mas quando se arranja mulheres no cemitério, tem que pegar o que vier. E você não queria aprender a ordenhar?

Aí o sorriso de férias de verão apareceu.

— Você não tem aí alguma coisa para treinar? — ela perguntou.

Claro. Aqui e agora.

Então fomos para a cama. Eu não consegui trocar a roupa de cama, apesar de ter me comprometido a fazer isso.

No meio da noite, acordei com ela sentada ereta como que paralisada de susto, respirando ofegante.

— Örjan? — disse, em voz baixa e completamente seca, e agarrou meu braço com os dedos suados.

— Agora você está comigo — murmurei, acariciando seu braço, até que ela se acalmasse. Ela pegou meus três dedos, colocou-os sobre os lábios e dormiu novamente com um suspiro.

17

De que ajudam bons sapatos
e uma bússola confiável
se não sei onde
ficam norte e sul no mapa?

DESPERTEI COM BENNY SENTADO À BEIRA DA CAMA TENTANDO fazer uma trança no meu cabelo liso e fino.

Tive a sensação de que era madrugada e ainda restavam rastros do pesadelo em minha cabeça. Alguma coisa com Örjan, que queria me convencer a vestir um colete salva-vidas... "Mas o que eu quero mesmo é ir com uma concha...", tentei acalmá-lo, mas quando olhei ao meu redor não vi terra em lugar nenhum. Então gemi.

Benny passou por cima de mim e começou a trançar meus cabelos do outro lado.

— Nós vamos logo te converter — ele disse — Embora você tenha perdido a ordenha da manhã. — Ele tinha os cabelos molhados e cheirava a sabonete.

— Some, seu caipira! — grasnei. — Pegue suas vacas e dê o fora! Sirva-me uma xícara de café com leite na cama, com *croissant* e o suplemento cultural. Então você pode ir ouvir no rádio as notícias rurais ou algo parecido!

Ele deu voltas nas tranças fazendo uma coroa e as prendeu com um elástico tão grande como uma câmara de bicicleta.

— Você irá assim para o trabalho amanhã — disse. — E calçará as botinas e andará de lá pra cá de pernas abertas e conversará com as pessoas sobre o tratamento de cascos de vaca.

De pernas abertas, assim mesmo é que eu estava. Tudo inchado entre as minhas pernas.

— Isso acontece com as pessoas quando não prestam atenção nos touros soltos por aí — disse ele, certamente satisfeito.

Fomos para a cozinha e eu continuei a mastigar o pão que trouxemos do posto de gasolina. Benny tomava mingau de maçã como se tivesse oco por dentro. Ele perguntou se eu fazia pão e eu disse que achava que os pães cresciam em árvores e que poderíamos ou colhê-los quando eram pequenos, ou deixar que amadurecessem até que se tornassem pães grandes.

Ele riu, mas soou um pouco forçado.

Então, ele me levou para fora a fim de me mostrar, sem paciência, toda a sua propriedade. Eu fazia sim com a cabeça e dizia "Aham" e "Ah, é?" e "Sim, senhor fazendeiro". Isso não foi difícil para mim, pois a fazenda estava localizada no meio de uma paisagem montanhosa maravilhosa, decorada com as últimas folhas douradas do outono. Caía uma fina neblina sobre a terra fértil e negra que ele acabara de lavrar na última estação. Os frutos luzidios da sorveira, com os quais sua mãe, como ele disse, fazia uma geleia deliciosa... Sacos gigantes cheios de forragem ou algo parecido estavam organizados atrás do celeiro. E então um estábulo cheio de vacas cochilando — até então eu nunca tinha visto uma vaca em tamanho real. Elas me parecem quase irreais.

Em seguida fui para os pequenos estábulos dos bezerros e deixei os animaizinhos com seus grandes olhos de cervo mamarem nos meus dedos, enquanto Benny me puxava para esclarecer as sutilezas da mais nova técnica de adubar. Não é possível que ele possa ter acreditado de verdade que isso poderia minimamente me interessar! As ovelhas estavam ainda lá fora no pasto, "mas logo teremos que colocá-las pra dentro!", disse ele. Nós?

Fui tomada pela sensação de estar dentro do sonho de outra pessoa. Pois, de repente, tinha fisgado um fazendeiro atraente com vinte e quatro vacas leiteiras, inclusive a prole. Apesar de nem ter pedido por isso, e já ter me conformado com a ideia de me tornar uma solteirona, no máximo com gatos. E ter amantes em doses homeopáticas para manter o equilíbrio hormonal.

Foi simplesmente demais, como Marta costumava dizer. Sim, pelo menos as vinte e quatro são demais. Mas isso eu não disse. Ele estava tão orgulhoso.

É claro que houve aborrecimento depois, quando quis ir para casa. Em vinte e quatro horas vi tantos quadrinhos em ponto cruz e ouvi tantas técnicas de como limpar o esterco quanto eu podia aguentar. Agora precisava acariciar meu ventre exausto numa banheira quente, ler jornal, ouvir Boccherini, ficar deitada em lençóis brancos e limpos e beber um chá de ervas.

Eu precisava de tempo para refletir.

Mas antes de convencê-lo, Benny me jogou um quilo de carne moída congelada saída direto do *freezer* e disse impetuosamente que poderíamos fazer algo para a janta — almôndegas talvez? Eu olhei para ele, para a carne congelada e novamente para ele. E então pretensiosamente disse que eu me encontrava em choque cultural e que gostaria de ser levada de volta para meu ambiente natural.

Ele me olhou e pude sentir bem como ele me perscrutava. Sim, ele é sensível quando se trata de disposição de ânimos. Assim tem que ser se quiser ter um bom contato com animais, esses nossos amigos mudos.

E seu maravilhoso sorriso escondeu-se atrás das nuvens.

— Claro, eu te levo de volta — disse ele, simplesmente. — Aos domingos não há ônibus.

Então ele me levou os quarenta quilômetros de volta para a cidade, tocou de leve minha touca de feltro e me deixou na rua. Pois ele precisava voltar rapidamente para casa devido à ordenha da noite.

Quando destranquei a porta e observei meu apartamento, que um dia antes tínhamos deixado de pernas pro ar, meu humor mudou e saí porta afora. Deveria ter aceitado a carne congelada apenas para não ver seu sorriso se apagar?

Sem dúvida eu não conseguiria transformá-la em almôndegas, talvez esse fosse o problema. Örjan e eu comíamos como vegetarianos e desde a sua morte só havia comido almôndegas congeladas, dessas prontas que vão no *freezer*. Não ficara frente a frente com um bolinho de carne feito em casa desde que morava com minha mãe. E ela não deixou que sua pequena Desirée sujasse suas mãos acadêmicas com carne moída.

Agora ela não poderia mais me ensinar, mesmo que eu pedisse. Pouco tempo atrás, quando a visitei, ela me chamou de "enfermeira Karin" e me xingou porque eu não trouxe o café.

Eu voltei para dentro e deixei a banheira encher de água.

18

DE MODO ALGUM, PASSOU-ME DESPERCEBIDO QUE ALGUMA coisa estava faltando. Tudo o que mostrei a ela na fazenda a divertiu, mais ou menos como uma explicação minuciosa do meu sistema digestivo. Ela foi gentil, claro. Fez perguntas espertas. Mas seus olhos não brilhavam de interesse.

Tentei me convencer de que eu estaria igualmente desinteressado se ela tentasse me conduzir pela biblioteca para explicar o que significavam as letras nas prateleiras e como foi construído o sistema de fichas. Mas não consegui me convencer. Quer dizer, livros são apenas livros, e uma fazenda é uma fazenda.

No momento em que eu joguei para ela o pacote de carne moída congelada, percebi, ainda quando ele estava no ar, que foi um erro.

Eu não pensei direito sobre isso. Vivo em uma região onde os homens trazem para as suas mulheres em casa um alce sangrando e sentam-se depois diante de um aromático gulache de alce, sem pensar sobre como o animal foi parar na mesa. Eu acreditava que conseguiria terminar o estábulo para os novilhos, enquanto ela cozinhasse algo gostoso, então teríamos o que comer antes da ordenha da noite e poderíamos ainda tirar um cochilo, ha ha. Ela mirou o pacote como se fosse merda de vaca congelada. E então quis ir para casa. Foi tudo em vão.

Durante todo o caminho de volta, ela estava sentada ali com a sua mão na minha nuca. De vez em quando brincava com meu cabelo.

— Eu não quis dizer nada por mal — diziam os dedos. — E não vá achar que este é o fim da história!

De resto ninguém disse nada no carro.

À noite fui à casa de Bengt-Göran e Violet.

— Vimos que você estava acompanhado por uma moça — disse Violet curiosa.

Bengt-Göran piscou para mim e me cutucou de lado com um sorriso malicioso, como se tivéssemos visto juntos um filme pornô. Fizemos isso, aliás, uma ou outra vez, mas antes de Violet.

— Alguém da cidade, né? — perguntou entusiasmado.

De alguma maneira, Bengt-Göran tem a impressão de que moças da cidade estão constantemente no cio e vestem calcinhas de renda preta com uma racha no meio e se jogam para trás com as pernas abertas, assim que ficamos sozinhos com elas. Engraçado quando penso em uma cidadezinha caipira e provinciana como essa. E quando me lembro de que a própria irmã de Bengt-Göran, me agarrando pelo pescoço, me jogou sobre o feno. Eu tinha quatorze e ela dezessete, foi a minha primeira vez — e também a última, com ela pelo menos. Eu tinha medo e sempre me desviava dela. Ela não vestia nenhuma calcinha de renda, na verdade não usava nada. É claro que Bengt-Göran não sabe nada disso. E sua irmã tem, entretanto, quatro filhos e se parece com um lutador de sumô.

— Hum-hum. Alguém da cidade. Achei-a no cemitério. Quer dizer, nos encontramos lá.

— Pois é, ela parecia um pouco pálida... — disse Bengt-Göran dando risadinhas, mas Violet o olhava com reprovação.

— No cemitério? — ela disse. — Por que você sempre tem que ser tão estranho, Benny?

Não sei o que fiz para Violet me achar tão estranho. Talvez tenha sido naquele dia na festa quando ela e eu estávamos sentados um ao lado do outro e, depois de ter tomado algumas cervejinhas, conversávamos confidencialmente. Eu disse que ela provavelmente era a mulher certa para ajudar Bengt-Göran a superar sua antiga melancolia de fazendeiro. Melancolia de fazendeiro! Eu morro de vergonha quando penso nisso hoje.

"Olha só como ele fica sentado quietinho e retraído no meio de todo este barulho", eu soluçava. "Ele está simplesmente bêbado", disse Violet curta e grossa. E de fato ela tinha razão, um pouco depois ele vomitou no arbusto de lilases.

— Ela nem sabe assar almôndegas — eu disse. — Ela só sabe ler livros e falar sobre as teorias de Lacan.

Melhor falar a verdade já. Eles não devem esperar que daqui a pouco sejam convidados para um café com bolo ou mesmo para o noivado. Assim já está difícil o bastante.

— Não sabe assar almôndegas? — disse Violet, espiando satisfeita por sobre a mesa. Ali estava uma tigela tão grande como um tanque cheia de almôndegas crocantes e douradas. — Ah, sim, você quer algumas?

— Você está certo — ria Bengt-Göran, novamente com seu olhar pornô. — Manda ver! Não se afunde no pântano do casamento!

No mundo de Bengt-Göran não ocorre que uma pessoa se apaixone seriamente por uma mulher que não saiba assar almôndegas e muito menos que alguém se case com ela.

Quando Violet me entregou um prato cheio até a borda de almôndegas acompanhadas por geleia, eu quase pude entendê-lo.

19

Eu estou provando da solidão,
deixando um minuto silencioso
desfazer-se na língua,
apenas o raio do sol poeirento se
impõe a mim.

MEU APARTAMENTO DÁ PARA UM QUINTAL CERCADO POR casas de três andares. O bairro tem quase vinte anos e as árvores estão tão altas que posso vê-las da minha janela, os parquinhos quase nunca são frequentados. As crianças que brincavam ali há quinze anos já se foram, mas seus pais, agora de meia-idade, ainda vivem aqui. Pessoas conservadoras e passivas sem hábitos perturbadores.

É bastante silencioso da minha janela. Elas estão voltadas para o Sul, e o sol procura um caminho entre as minhas persianas de madeira e desenha listras sobre os sofás brancos. Algumas vezes é possível ouvir passos lá fora na escada, mas não são frequentes, moro no último andar. Quando abro a janela, dá para ouvir o vento leve soprar na grande figueira que Örjan sempre cuidava. Mas eu sou friorenta demais para deixar a janela aberta por muito tempo. Em vez disso, deixo toda a calefação na temperatura máxima e geralmente faz vinte e três graus aqui dentro.

Eu gosto de ficar deitada com meu roupão branco sobre um dos sofás, vendo como os raios do sol fazem listras no ar dentro do quarto.

Às vezes ergo uma mão para que o sol possa listrá-la também e não se ouve nada mais do que o ronco da geladeira e uma mosca que rompe o silêncio, batendo forte contra o vidro da janela.

Claro que eu sei que o lance com Benny é completamente impossível.

Como se, no último dia de suas férias, você estivesse sentado na sombra de um plátano, bebendo vinho branco gelado e sonhando que está cortando as raízes, migrando em direção ao Sul, curtindo o dia, seja como for. Aceitar qualquer trabalho, encontrar sua própria casa caiada com uma sacada ensolarada cheia de vasos de ervas e flores. E você sabe, durante todo esse tempo, que daqui a cinco horas estará no aeroporto de Estocolmo, na garoa, que no próximo dia se estressará em uma cadeira de escritório e que a única coisa que restará é sua pele bronzeada, mas que até isso vai sumir dentro de poucas semanas pelo ralo da sua banheira.

Assim eu sonhava quando pensava em Benny e em nossos joguinhos — tem que haver um caminho para manter isso. Trancar a porta do apartamento e guardá-lo dentro do meu guarda-roupa até que eu volte do trabalho. Assim como no filme *cult* espanhol com Antonio Banderas.

Eu tentava pensar em mim fazendo parte da sua vida. Mas não veio imagem alguma.

Eu não contava com tal choque cultural — na casa de um homem sueco quase da minha idade que morava a quarenta quilômetros de distância de mim.

Provavelmente, eu poderia me dar melhor com um muçulmano praticante.

Logo comecei a imaginar um homem magro, de pele escura e com olhos melancólicos, que teve de viver em exílio político e agora morava em um apartamento de um cômodo com as paredes repletas de poesia persa. Durante o dia, ele trabalhava como faxineiro, apesar de ter formação universitária no seu país. À noite, se encontrava com amigos políticos e poetas, ou assistíamos no cinema a filmes inesquecíveis em preto e branco. E eu me ocupava com sua cultura, traduzia seus poemas e pedia dinheiro na rua em prol da luta contra o ditador. Comíamos comida picante e sentávamo-nos sobre tapetes maravilhosos...

Mas assar almôndegas na cozinha horrível de Benny e ser, durante toda a semana, por todo o ano, a escrava de vinte e quatro vacas? Manter limpo o seu chuveiro sujo, usar lenha quando se quer ter água quente, discutir os artigos de *O País*? Eu?

Pode ser que eu seja racista, mas não do tipo comum.

Mesmo assim, eu ficava pendurada como se estivesse colada, o dia inteiro, ao telefone. Às vezes, porque o telefone não tocava, às vezes, porque eu não telefonava.

Para me desfazer desta humilhante sensação de adolescente, todas as noites saía. Fazia horas extras, ia ao cinema, bebia de bar em bar com colegas solteiros. Eles me achavam estranhamente alegre e sociável e eu também.

O tempo tornou-se desagradavelmente outonal. Eu nunca mais pude brincar com as listras do sol. E no crepúsculo o meu apartamento era quase tão animador como a sala de espera de um dentista. A única coisa que se distinguia era o pôr do sol fluorescente atrás do casal dentro da concha, no pôster que Benny me deu de aniversário.

Não se passou nenhum dia, nenhuma hora sem que eu pensasse em Benny.

Na biblioteca, eu me enfiava na leitura de *O País* para a surpresa de Lilian. Eu dizia que estava procurando um artigo que a prefeitura havia pedido. Sobre limpeza de esgotos.

Olof olhava-me às vezes como se quisesse perguntar algo. Mas sabiamente ele nunca fez isso.

Um dia me veio a ideia de almoçar num restaurante que era um ponto de encontro de homens imigrantes de diversas origens. Sozinha, eu olhava da minha mesa tão pensativa e persistente, que eles interpretaram mal as minhas intenções e me envolveram em conversas complicadas que, de preferência, quis esquecer. Especialmente porque a razão da minha presença era tão incompreensível, para não dizer ingênua, que eu fiquei vermelha até o último fio de cabelo.

Os dias passaram e a minha antiga depressão voltou renovada. E Marta ainda estava longe. Eu passava metade das noites na minha banheira, até que a pele ficasse branca e enrugada, e levava sacolas de livros fantásticos baratos para casa. Usei quase todo o sabonete de borboleta até que dele restou apenas um carocinho rosa.

Como algo que parecia tão certo pôde de repente ter virado pelo avesso?

Provavelmente, Benny se perguntava a mesma coisa neste exato momento. Já que ele nunca ligou.

20

TODA VEZ QUANDO EU TIRAVA O TELEFONE DO GANCHO para ligar para ela, ficava sentado até que o sinal da linha emudecesse. Ela havia dito que sofrera um choque cultural e precisava ficar sozinha. Assim, esperei três dias inteiros pela sua ligação. Então liguei. Ninguém atendeu.

Encontrei um velho cartão de "Melhoras" que enderecei a ela, sobre o qual colei um selo e depois rasguei em dois.

Mais de uma vez pensei se não deveria ir à cidade ou à biblioteca. Mas tinha a sensação de que assim estaria indo longe demais.

O tempo foi piorando. Por dois dias estive ocupado em colocar as ovelhas para dentro, com a ajuda do filho de treze anos do vizinho. Elas estavam há muito no pasto e nesse meio-tempo tornaram-se musculosas como atletas de elite. Os cordeiros voavam sobre as cercas e as ovelhas-mães pulavam de lá pra cá como cervas. Caso eu as levasse para o matadouro, não renderiam muito mais do que me custaria um bom lanche no McDonald's. E caso as abatesse em casa com a ajuda do velho Nilsson, seria quase impossível cortar toda essa massa de músculo. O jovem vizinho e eu pulávamos de lá para cá pela nevasca e amaldiçoávamos tanto que só se ouvia uns chiados, sobretudo dele. "Foda-se!" ele gritava para elas.

Não entendo por que fiquei com elas. Mamãe gostaria de ter algumas delas, pois ela trabalhava a lã e a usava em seus cursos sobre produção de feltro. E ela cozinhava um caldo de cordeiro com batatas e feijão que dava água na boca. Nunca me passou pela cabeça deixar que ela me mostrasse como preparava o caldo.

Nunca me passou pela cabeça que ela poderia morrer.

Reluto em vender as ovelhas dela. Uma das minhas experiências mais terríveis foi arrumar o seu quarto logo após a sua morte. Jogar fora as suas roupas que ainda cheiravam a mamãe, os óculos de leitura, as caixinhas de comprimido e pegar na mão o guia de crochê. Nada havia me preparado para fazer tudo isso. Por isso escolhi naturalmente a maneira mais fácil. Empacotei tudo em algumas antigas bolsas de viagem e as pus no sótão. E no seu quarto não toquei em nada, somente tirei a roupa de cama. Ela tinha todo o peitoril da janela repleto dessas pequenas flores azul-lilás. Que provavelmente agora já morreram.

Que diabos ela quer dizer com choque cultural?

Hoje pela manhã estive na cidade e fiz algumas compras. Mais de uma vez tive a sensação de tê-la visto em algum lugar. Na associação de agricultores, na ferraria Berggrens e na leiteria.

Bengt-Göran me visitou duas noites seguidas, provavelmente para ver a mulher pecadora da cidade.

— Não sei ao certo se eu a trago mais uma vez para casa — eu disse. Ele suspirou cheio de admiração silenciosa. Por mim, ele pode acreditar que uso as mulheres como me apetece.

Ele não precisa saber que tenho saudades dela ou que, à noite, levo o telefone para o meu quarto.

21

Os querubins se assombraram;
refugiaram-se com Deus:
"Veja lá, Senhor, o que criaram Salami
e Sulamita!"
De A Via Láctea de Zacharias Topelius;

FINALMENTE MARTA VOLTOU DE COPENHAGUE. ELA ME esperou depois do trabalho com uma sacola de cerveja Carlsberg Elephant e um suvenir: um casalzinho nu feito de plástico dentro de um globo, no qual nevava. Fomos para minha casa, fizemos chá e nos esticamos sobre o sofá.

Ela respondeu de modo evasivo quando perguntei o que se passou em Copenhague.

— Agora não queremos falar de mim — ela disse. — Você sabe bem!

Assim fiz-lhe uma exposição completa e sem censuras da última semana. Quando se trata de Marta, todo o resto é perda de tempo, ela pesca quase tudo das profundezas turvas do seu interlocutor.

Eu não a poupei de nada. Nem da lápide ostensiva e do gorro estúpido, dos quadrinhos em ponto cruz, da sujeira das moscas nem do papel de parede cor de musgo.

Ela suspirou.

— Eu não tenho ideia alguma do que você tem — disse. — Mas soa como se esse homem fosse um gentil companheiro de aventuras para você. E você se senta lá e reclama dos detalhes de acabamento! Por que você implica com os quadrinhos em ponto cruz? Além disso, provavelmente não foi ele que os bordou. Talvez ele não quisesse apagar as lembranças de seus pais. Pensava mesmo que toda casa de campo sueca se parece com a de Carl Larsson?

Eu me detive. Se já tive alguma ideia de uma fazenda sueca, então era provavelmente do tipo de Carl Larsson: uma cozinha grande com fogão a lenha de pedra, com panelas de cobre e pães achatados suspensos por um varão sob o teto para secar. Eu me senti flagrada e levantei a voz.

— Você sabe tão bem quanto eu que não se trata aqui de "detalhes de acabamento"! Trata-se de estilos de vida em colisão! Jamais terei um quadrinho em ponto cruz sobre a minha porta e provavelmente ele jamais terá uma Käthe Kollwitz sobre a dele – não é apenas uma questão de gosto, é preciso reconhecer isso o quanto antes!

— Então por que você pendurou o pôster com o casal da concha na sua parede? — ela perguntou de maneira ardilosa.

— Porque ele me fez tão feliz... — murmurei.

Ela fez um gesto de "sim" com a cabeça, insinuando algo.

— Mas falando sério. Você pode *me* imaginar sentada sobre um banquinho de três pernas com um balde para o leite entre os joelhos?

— Mas isso não foi uma entrevista de trabalho, pelo amor de Deus! — berrou Marta. — Esse cara te deu a melhor foda em anos, talvez de todas da sua vida. E você riu com ele, isso supera tudo o que você viveu com esse amigo dos pássaros com o qual você esteve casada! O que importa um pouco de cocô de mosquito? Porra, não seja tão covarde! Agora aproveite e agarre o que precisa! Caso contrário, você pode ir para cama e se enfiar embaixo dos seus lençóis branquíssimos!

— O que eu posso fazer? Não faço ideia do que ele pensa. Ele nem me ligou!

Marta levantou o globo com o casalzinho na neve.

— Quer saber, agora você pega esse brinquedinho e algumas garrafas de cerveja e compra um pacote de almôndegas congeladas e o surpreenda amanhã à noite. Ele já deu o primeiro passo, vocês precisam se agitar se quiserem que isso vá adiante. Pegue meu carro emprestado!

Subitamente veio-me a imagem de Salami e Sulamita, dois personagens do poema *A Via Láctea*, de Zacharias Topelius, pela qual eu era apaixonada quando era pequena. Embora eu não entendesse quase nenhuma palavra. Com a ajuda de minha mãe, decorei o poema e ela me colocava orgulhosa junto de suas visitas para o café e me deixava recitar diante de suas colegas entediadas.

Salami e Sulamita são um homem e uma mulher que moram em duas estrelas distantes uma da outra e se amam tanto que ele construiu uma ponte de estrelas pelo universo. Então, imaginei como, do seu lado, Benny colocava uma estrela ao lado da outra com uma colher de pedreiro, enquanto eu, do meu lado, tentava pular de uma estrela a outra como se fossem pedaços de gelo sobre o mar...

Os conselhos de Marta nem sempre são bons, mas em geral fazem as coisas acontecerem de alguma maneira. Na noite seguinte eu peguei uma cesta com garrafas de cerveja, almôndegas congeladas, salada de batata comprada pronta e um bolo de mirtilo (da padaria). E o globo de neve com o casalzinho, que embrulhei com papel dourado. Então fui para a casa de Benny.

Ninguém atendeu quando eu bati à porta, mas como ela estava aberta e a luz da cozinha acesa, entrei. A lâmpada de neon zunia e de um rádio monstruoso sobre a pia ouvia-se uma propaganda barulhenta. Mudei para a estação de meteorologia marinha e comecei a me mexer diligentemente na cozinha. Logo, por detrás dessas cortinas de babado, tive uma sensação acolhedora de infância. Eu peguei um prato com mingau ressecado da mesa e o coloquei na água fria dentro da pia, onde já havia outro. Então comecei a fuçar por louças e talheres nos armários, descobri na cômoda da sala uma toalhinha bordada e assei as almôndegas em uma panela suja. Quando eu ouvi o barulho de suas botas subindo a escada do porão, tive um *déjà-vu*: já conhecia essa situação.

— Mas que diabo... — Ele permaneceu na porta e ainda vestia o macacão do estábulo. Aí deu um pulo do chão, fazendo voar palha e joio, e me abraçou até que meus ossos estalassem.

— Ah, almôndegas? — ele sorriu. — Você fez tudo sozinha, menininha pálida?

— Nem pense em se acostumar com isso — murmurei com o nariz dentro de seu macacão laranja e fedorento.

22

FOI A MELHOR COISA QUE ELA PODERIA IMAGINAR FAZER para mim — embora eu ainda tenha a impressão de ter almôndegas até a garganta. Violet havia me dado uma tigela cheia delas, que comi por três dias.

Ela passou a noite comigo e, quando eu troquei a roupa de cama, ela disse que estava nos seus dias e esperava não deixar nenhuma mancha nos lençóis.

Não tem problema, pensei, pois gostava de ouvi-la me contando isso. Parecia tão íntimo, quase aconchegante. Não se vai à casa de qualquer um quando se está menstruada. Ela me considerava quase como um namorado, por assim dizer. Sexo não foi a razão da sua visita.

De resto, eu gostaria de ter uma mancha dela em meus lençóis. Para tais perversões deve ter com certeza uma expressão latina.

Ficamos por horas conversando. E estávamos, o tempo todo, tão alegres que não podíamos, de modo algum, parar de falar. Especialmente disso, eu me lembro.

— Você me paga com isso de choque cultural — eu disse. — Porque vou comprar um terno tradicional. Uma calça amarela e uma jaqueta com duas fileiras de botões e broches de prata! E você vai costurar o tecido para o colete, ouviu bem? Então, todo domingo em frente à igreja, enfiarei orgulhoso os dedos no bolso do colete e andarei emproado de lá para cá conversando com os outros agricultores sobre o tempo e a colheita. E todos me chamarão de grande Benny da fazenda Rönn e saberão quem eu sou! E você ficará quietinha, preparando o café para a igreja!

— Provavelmente, há cem anos, você teria sido um grande fazendeiro, não é? Com vinte e quatro vacas?

— Isso você pode ter certeza! E também teria sido um juiz e o presidente da igreja, tudo ao mesmo tempo. Um grande fazendeiro com muitos criados sob as minhas ordens e doces criadas, das quais eu poderia beliscar o traseiro. As pessoas do vilarejo tomariam conselhos com o grande Benny e pediriam que eu fizesse parte do conselho municipal! Mas, em vez disso, corro de lá para cá como uma ratazana envenenada entre as máquinas e nunca tenho tempo para frequentar os encontros da associação dos agricultores.

— Você teria, por acaso, pedido a mão de uma virgem magrela da cidade que não possuísse nada além do que uma caixa de livros?

— Claro que não! Benny, da fazenda Rönn, tem que casar com a gorda Brita da fazenda ao lado, para ampliar suas propriedades. Mas eu contrataria a magrelinha como criada e toda noite eu viria de fininho encontrá-la no sofá e, ali, daria alguns filhos a ela. E cuidaria honestamente desses filhos, fazendo deles pastores. – Mas um dia a criada magrela dá no pé com Emil, o violinista. E então o que o Benny faz?

— Então ele expulsa seus filhos e contrata uma nova criada para ficar no sofá! Uma bem novinha!

Ela me bateu com o travesseiro e, por um momento, nos atracamos. Tive de me render, senão teria de levantar e tomar outro banho frio.

Sua respiração arquejante me tranquilizou.

— Eu nunca serei uma criada para o seu sofá, está sabendo, né? — ela disse. — Eu também não seria muito apropriada. Não sei assar, nem lavar montanhas de roupa, nem reutilizar a carcaça que sobra do abate. Uma fazendeira não tem que cortar a garganta do porco, recolher o sangue ainda quente e cozinhar algo nojento com isso?

— Sei lá, recebemos nossa carne, já pronta, direto do matadouro.

Silêncio.

— Mas quando você disse que queria vir de fininho até o sofá da cozinha e fazer filhos comigo... — ela disse como se fosse para si mesma. — Todo o meu ventre treme quando ouço algo assim. Com absorvente interno e tudo. O relógio biológico disparou.

Eu me virei de barriga e gemi.

— Não diga isso! Senão vou fazer um monte de fronhas pequenas desses lençóis limpos!

Novamente, ela adormeceu com os nós dos meus dedos em seus lábios.

23

Ligo para casa:
Sinal de linha.
"Esse-número-não-existe!"
Nem a secretária eletrônica tem
uma resposta.

E ASSIM COMEÇOU O TRABALHOSO PROCESSO DE ME conhecer melhor.

Ele só não se deu de maneira retilínea apenas porque, visto de fora, dispúnhamos de grande liberdade.

Nós dois havíamos perdido nossos pais — ele definitivamente, eu praticamente. Faz cinco anos que mamãe vive em um asilo e somente em raros momentos me reconhece. Papai me considera quase um estorvo quando, de vez em quando, volto para casa para visitá-lo e, sobretudo, quando tento conversar com ele.

Na verdade, ele também era assim quando eu era criança. Papai desaprovava qualquer conversa sobre o que ele considerava como "coisa de mulher": Casa e crianças, culinária, roupas, decoração e naturalmente tudo o que podia se chamar de *sentimentos*. Por coisa de mulher entrava também arte, literatura e religião... O que ele mais odiava eram os sofrimentos relacionados ao corpo feminino. Algo assim não se podia nem mencionar em sua presença — como se ele tivesse medo de pegar bactérias das mulheres. Convenientemente, ele se foi de vez para o regimento militar. Era major.

Algumas vezes cheguei a me perguntar se ele não era, na verdade, homossexual. Essas ideias podem parecer estranhas, mas nunca estive tão próxima de papai. Quer dizer, crianças normalmente se arrepiam quando pensam que seus próprios pais tiveram que fazer "aquilo", contam seus irmãos e pensam: "Eles tiveram de fazer pelo menos três vezes". No meu caso, essa pergunta é de fato legítima, se ele realmente fez "aquilo" mais de uma vez, pelo menos, com minha mãe. Eu me decidi não pensar mais sobre isso, mas tentar apenas me alegrar que, pelo menos uma vez, aquilo aconteceu.

Assim, mamãe não tinha nada com que se ocupar além de mim. Eu me tornei a bonequinha que ela sempre desejou e finalmente ganhou, e ela me amava tão efusiva e calorosamente como só se faz quando se anseia muito tempo por algo. A longa espera não a tornara muito crítica, nem realista.

Ela veio de uma família abastada. Vovô possuía uma fábrica de conservas e, durante a guerra, seus negócios prosperaram — como eu conheço o velho, fez sua fortuna com raposas e esquilos que ele vendia como carne de caça. Papai veio de uma família distinta e uma vez eu ouvi as mulheres do clube de *bridge* de mamãe sussurrarem que ele se casou com ela porque tinha uma grande dívida de jogo. Soa um pouco sem nexo, mas pode ser verdade. Existe uma ligação direta entre os homens que se mataram na virada do século em frente a um cassino em Monte Carlo e esses que hoje passam horas diante de máquinas caça-níqueis nos *shoppings*. Se você telefonar para papai no momento em que ele estiver vendo bingo na TV, a culpa pelo seu mau humor será toda sua.

Quando eu era pequena, mamãe pintou o cabelo de cobre e com a ajuda de bobes quentes fez cachos. Ela tinha quase quarenta quando se casou e quarenta e dois quando me teve, e até então nunca precisou trabalhar. Foi ela que me deu o nome de Desirée, a desejada. Essa foi uma boa ideia, mas durante os anos de escola aprendi a odiar este nome, pois às vezes troçavam de mim e, claro, me chamavam Diarreia.

Eu preferiria me chamar Hanni ou Nanni. Ou Dolly.

Talvez tirem sarro de todas as crianças que ouvem em casa que são a oitava maravilha do mundo, mas na escola são confrontadas com a crueldade da vida.

Seja como for, o casamento de meus pais foi completamente invisível. Em certo sentido, eles viviam como em uma república de estudantes, totalmente independentes um do outro. Num grande apartamento com chão de taco e cômodos para os quais mamãe escolhera os móveis e onde papai pendurava suas boinas. Nunca brigaram na minha presença e, possivelmente, também nunca em minha ausência. Papai comia, em geral, no cassino dos oficiais. No verão, mamãe e eu íamos sozinhas para uma pousada qualquer. Papai sempre tinha o que fazer.

Em nossa casa, não havia uma vida social agitada, nem festas que poderiam ser lembradas — de vez em quando vinham as mulheres do *bridge* com seus maridos, ou os colegas de papai com suas esposas para enfadonhos jantares com três pratos diferentes, taças de cristal e, ainda com a ajuda de um garçom, cigarrilhas em estojos de prata. Eu tinha que ir até lá para cumprimentar os convidados. Braços e pernas ossudas sobressaíam de vestidos de veludo, comprados somente para aquela ocasião. Eu sempre tossia, porque os tios com rostos corados me batiam nas costas e diziam que a moça tinha que pegar mais ar fresco e um pouco de cor.

Eu nunca vi papai e mamãe se tocarem e nenhuma vez os vi de braços dados.

Como eu poderia saber como funciona um casamento? Não é um milagre que eu achasse que Örjan e eu tínhamos um relacionamento modelo. Por isso, não foi nem um pouco estranho não estar de luto por ele. Se havia homens para o jantar, a única preocupação era quantas costeletas era preciso comprar. De resto, a presença deles não tinha nenhum significado profundo, foi essa a mensagem que aprendi lá de casa.

Eu estava completamente despreparada para uma pessoa como Benny. Há dias em que acho que ele invade meu espaço; outros, em que não suporto quando não posso vê-lo. Isso nunca aconteceu com Örjan, ele se contentava em andar a meu lado, e eu pude viver muito bem com isso.

E há outros dias...

24

DESIRÉE — TENHO DIFICULDADE COM O NOME DELA. SOA ríspido, presunçoso, pontiagudo, tudo o que pensava dela no começo. Eu a chamo de Siri. Combina tão bem que é quase infame. Pálida, encolhida em si mesma, mole por dentro e com uma casca dura por fora. E antenas bem longas.

Há tanta coisa que não entendo nela.

Ela ficou muito tempo olhando uma foto de meus pais que me agrada muito. Eles estão deitados tomando sol sobre uma pedra, seminus, braços e pernas trançados. Estavam deitados com o rosto colado, com os olhos apertados por causa do sol e sorrindo.

Ela achou a foto desagradável, íntima demais.

— Quer dizer, eles são seus pais — ela disse. — Não acha que é... Sabe, íntimo demais, um pouco nojento?

Nojento?

Ela sentia frio constantemente. Eu não posso aumentar mais o aquecimento e, enquanto eu prefiro tirar toda a roupa, ela veste um pulôver e meias de lã. Ela adora quando eu sento tranquilamente a seu lado, acariciando seus cabelos com as mãos. Aí ela se encolhe, como um gato faminto que finalmente encontrou um dono.

Embora ela possa ser qualquer outra coisa, mas não desamparada e dependente! Fico muito irritado quando eu gostaria de encontrá-la e, de repente, ela me diz que mudou seus planos e que, em vez disso, prefere ir ao cinema com a amiga. Ou então quando ela sabe que eu tenho muito para fazer, quase sem tempo de ir à cidade, e simplesmente diz: "Tudo bem, então nos vemos na semana que vem". Nunca ela fala: "Ah, então, em vez disso, eu vou para a sua casa!".

Eu gostaria de chegar mais perto dela e — para ser sincero — prendê-la comigo. Mas, como ela aparentemente só me quer de vez em quando, não posso exigir nada e isso me frustra pra burro. Além disso, não seria nada mal esperar que ela desse pelo menos *uma* mãozinha no trabalho de casa! Ou então me ajudasse com o controle da ordenha ou mostrasse algum interesse pelas coisas que eu faço! Eu sei, estou acostumado com mulheres que fazem as coisas para mim e não pretendo pedir a ela que asse pãezinhos, mas para mim é difícil vê-la com o nariz enfiado no jornal, enquanto eu me arrebento dando conta dos meus compromissos!

No fundo, eu até poderia me imaginar bígamo — e ficar com Violet *e* a Siri. Violet poderia consertar meu macacão e salgar a carne, enquanto a Siri se encolhe no meu peito, no quarto, com seu riso baixinho e rouco. Este riso tornou-se um tipo de recompensa pela qual eu faço quase tudo. É como com a máquina do parque de diversões, na qual você bate com um martelo num bloco para medir a sua força. Quando bate, um ponteiro sobe. Se você é realmente forte e golpeia o bloco com toda a força, lá em cima um sininho toca.

Seu riso é exatamente como esse sininho. Eu não consigo fazê-lo tocar com frequência, mas ele toca. Eu sei exatamente quando já consegui alcançar oitenta por cento e quando golpeio o bloco com toda a força.

"Por que você tem que ser sempre tão estranho, Benny?", diz Violet com um tom reprovador. Mas quando dirijo o grande trator com eixo duplo ou vou à floresta com macacão e a serra elétrica, ela acha que sou um homem-diabo como Bengt-Göran.

Neste sentido, a Siri é exatamente o contrário. Eu tenho a sensação de que é exatamente esse meu lado "estranho" que desperta o interesse dela, ao passo que ela me acha cansativo quando eu coloco meu capacete ou enfio na boca um pedaço de fumo de mascar.

Até que ponto a medicina se desenvolveu? Seria possível transplantar a alminha bege e complexa da Siri para Violet com seios viçosos e as mãos trabalhadoras?

25

Consegui ter controle
sobre uma vida desordenada e rarefeita.
Eu a rotulo com etiquetas, lacro-a em dossiês
E a arquivo.

HOJE REALMENTE ACONTECEU ALGO SINISTRO. AINDA TREMO quando penso nisso.

Ontem, a senhora Lundmark não veio trabalhar. Tudo começou assim.

Demorou um tempo até que percebêssemos. Geralmente ela chega mais cedo do que nós, pendura seu casaco e seu chapeuzinho de pele na sua sala e vai de mansinho até o estoque, para... Pois é, o que ela faz de fato, quando ela não está na seção de livros infantis? Todos nós acreditamos que ela está ocupada com a catalogação, com a classificação e com a exclusão de livros, mas é claro que nenhum de nós pergunta, pois devido à sua posição ninguém questiona o seu trabalho. Ela passa cada vez mais tempo no estoque e deixa apenas breves bilhetes para Britt-Mari ou para mim, dizendo que devemos cuidar da seção de livros infantis.

Só percebemos na hora do almoço. A senhora Lundmark está *sempre* sentada na mesa perto da janela e *sempre* come leite coalhado com cereais, lendo o catálogo do serviço de informação das bibliotecas. Caso fizesse silêncio total na sala, se ouviria somente o chiar dos seus pulmões, de resto ela não produz nenhum outro som.

Ela fica sentada ali de 12h01 até 12h55. Então se levanta, lava a tigela e coloca-a no escorredor de pratos. Aí vai ao banheiro. Já rimos muito disso. Não é todo mundo que tem um estômago que funciona como um relógio.

Acostumamo-nos tanto ao seu ritmo que ela acabou se transformando em uma sirene de fábrica para nós: sabemos que é hora do almoço quando ela passa pela prateleira dos livros musicais, diante da porta da sala do cafezinho, e aí a nossa salivação já aumenta, como os cachorros de Pavlov. Às vezes, somente o barulhinho de sua respiração é suficiente para sentirmos fome. E quando ela se levanta, indo em direção à pia, logo após ter quase beijado, fazendo biquinhos, seu leite coalhado na ponta da colher, terminamos rapidamente a nossa conversa. Não precisamos sequer olhar o relógio.

Ontem ela não apareceu na sala do café. Ela não havia tirado férias, nem avisado que ficara doente. Falamos talvez dois minutos sobre isso — nunca falamos sobre ela desde que trabalho nesta biblioteca. Nenhum de nós trabalhava perto dela ou tinha discussões com ela. Também não a evitávamos. Quase todo dia falávamos sobre o tempo e os turnos de trabalho — e, por alguma razão, sempre ela tomava a iniciativa de juntar dinheiro quando alguém fazia aniversário, quando alguém se aposentava ou tinha filhos. Ela dispõe da habilidade surpreendente para escolher sempre o presente certo — ainda que convencional, mas exatamente o que a pessoa deseja. Por dois minutos, nos perguntamos sobre onde ela deveria estar. Então, como de costume, chegamos à conclusão de que não era da nossa conta e retornamos ao nosso trabalho.

Mas hoje ela também não deu as caras na sala do café. Falamos, talvez, uns três minutos sobre isso. E então perguntamos a Olof se ele sabia de algo. Ele também não sabia de nada e disse que não tinha nenhum conhecimento de como ela distribuía o seu trabalho. Certa vez, ele quis discutir sobre o trabalho com ela, ao que ela respondeu com um relato oral que durou várias horas, tomando quase metade da tarde.

— Ela ficou bastante corada quando perguntei — disse Olof. — Pegou o livro de registros e depois explicou minuciosamente sobre um sistema de exclusão de livros que elaborou. Finalmente eu tive de fingir ter um horário no dentista. Quer dizer, como eu poderia fazer que ela passasse desse sistema do livro para o computador?

Nenhum dos outros procedimentos da biblioteca parecia ser prejudicado pela ausência da senhora Lundmark. Nesse meio-tempo, estou cuidando da seção de literatura infantil e juvenil sozinha e sempre apreciei a maneira como ela me dava autonomia. Não, falar assim é ser gentil demais: eu me achava mais competente do que ela e teria me irritado muito se ela tivesse tentado se meter na minha maneira de trabalhar. Para mim ela nunca passou de um móvel de escritório, um desses que poderíamos dispensar no próximo inventário.

Liguei para a casa dela. A secretária eletrônica respondeu com um recado que eu havia ligado para Inez Lundmark, que no momento não poderia atender o telefone. Eu chamei algumas vezes: "Inez? Inez? Sou eu, Desirée!" caso ela estivesse por perto. Eu não sabia onde poderia estar o telefone nem se deveria tratá-la por "você" — eu nunca havia usado o seu primeiro nome.

No fundo, não sou realmente uma boa samaritana. Seria muito mais típico se Lilian tivesse dito desesperada que "nós tínhamos de fazer algo" — sabendo que com "nós" ela queria dizer "vocês", não ela. Britt-Mari, mãe de cinco filhos e que tem menos tempo que nós todos juntos, teria resolvido tudo.

Mas algo na história de Olof, como ele havia fingido ter um horário no dentista para se livrar da senhora Lundmark quando ela quis explicar seu sistema, alguma coisa me apertou o coração. Ou talvez a vesícula. Uma pressão, um vago mal-estar.

Eu pedi a Olof que me desse uma folga para que pudesse visitá-la em casa. Ela não tinha avisado que estava doente e como ele não sabia muito bem como solucionar o problema, fez "sim" com a cabeça e pareceu aliviado. Eu fui.

Ela morava em um prédio grande, coberto de fuligem e de pedras escuras, que já teve melhores dias. A escadaria era decorada com painéis de madeira imitando mármore e nos nichos, onde antigamente havia estatuetas, alguém pichara "Foda-se"!

Logo após o primeiro toque da campainha, ela abriu a porta de verniz marrom-escuro do apartamento. Do lado de dentro, havia uma corrente de segurança. Ela hesitou por um instante antes de relaxar e me deixar entrar pelo corredor.

— Olá Inez! — eu disse, forçando um sorriso. — Como vai? Estamos preocupados com você!

Ela murmurou algo e fez um gesto vagaroso em direção à sala e eu a segui para dentro de um cômodo espaçoso e nu, onde havia duas paredes de arquivos. Arquivos?

— Você mora... sozinha aqui? — perguntei. Não havia nenhuma maneira delicada de perguntar a ela: e onde você deixou o *senhor* Lundmark?

— Já nos anos 1960 foi introduzida a forma de tratamento "senhora" também para mulheres solteiras — ela disse, levantando um pouco o queixo para frente. — Acredito que eles começaram com isso no *Dagens Nyheter*. Ou talvez na área de saúde para que as mães solteiras não precisassem se envergonhar.

O que eu deveria responder? Que sinceramente não me importava se ela fosse senhora ou senhorita?

— Eu passei um pouco mal — disse ela então. — Espero que me desculpem. Com certeza vai passar logo.

Desculpar? E o pedido de licença médica, os dias de carência e o atestado? Até onde eu sabia, ela nunca esteve doente. Talvez nem ela soubesse que não se pode simplesmente ficar em casa e somente depois se desculpar. Mas eu não estava ali como representante das autoridades.

Ficamos em silêncio.

— O que você tem no seu arquivo? — perguntei diretamente.

Ela olhou por um tempo pela janela. Havia persianas estilo anos 1950, as lâminas se revezavam de um branco e um turquesa desbotado.

— Você é uma moça gentil — ela disse finalmente. — Muito mais gentil do que você pensa. Por isso posso mostrar se você quiser.

E foi isso que ela fez.

Duas horas depois, desci tropeçando os degraus de pedra desgastados da escadaria, prestes a chorar. Precisei falar com alguém e, pela primeira vez, não pensei em Marta. Já tinha contado-lhe demais sobre o regular sistema digestivo da senhora Lundmark. Fui até um orelhão e liguei para Benny.

26

DURANTE AS ÚLTIMAS SEMANAS, A VACA LISA QUASE NÃO podia se apoiar na pata esquerda dianteira. Os seus cascos estão tão compridos como os de uma vaca de desenho animado e acredito que talvez já estejam apodrecidos. Eu sempre me sinto mal quando imagino que os animais ficam na sujeira, enquanto o apodrecimento devora seus cascos por dentro. Papai sempre levou muito a sério o tratamento regular dos cascos. E, quando o veterinário precisava de ajuda, eu tomava o lugar de meu pai — mas quem, diabos, vai tomar o meu lugar? Durante o outono inteiro queria ter ligado para o veterinário, mas eu também preciso de tempo para ajudá-lo. E uma coisa é certa: nada é consertado se alguém fica sonhando com coisas completamente sem importância. Não vou esconder de Desirée que seu sorriso de verão quase acabou com a minha melhor vaca.

Finalmente consegui ligar para o veterinário. Ele chegou de manhã e começamos. Quando, após algumas horas, tiramos alguns minutos para o café, Desirée ligou. Fechei a porta e me preparei para dizer algumas coisas que definitivamente não eram para os ouvidos do veterinário. Mas ela não queria conversar comigo. Ela chorava ao telefone.

— Eu preciso falar com você imediatamente! — disse ela. — Quando passa o próximo ônibus?

Senti um frio na espinha. O Dia D. Ela me diria que já estava de saco cheio de mim, e então eu não teria nada mais além dos cascos de Lisa como passatempo. A minha vida voltaria ao "ponto de partida", pronta para novas voltas aborrecidas, pelos séculos dos séculos, amém.

Fiquei de pé me olhando no espelho da entrada. Um velho gorro imundo, marrom e laranja. E com o cabelo liso e escorrido, estava muito mais magro do que eu me lembrava. Isso era eu?

Qual foi a última vez que me olhei no espelho? Meu Deus, e ela está disposta a pegar um ônibus para vir aqui falar comigo pessoalmente! Mulher bem-educada, de fato!

Sem vontade, eu lhe passei os horários dos ônibus e me arrastei até o estábulo para finalizar o trabalho. Estava ordenhando e assim que eu saí ela chegou, com a touca de cogumelos sobre as orelhas e as mãos enfiadas bem fundo nos bolsos. Ela atravessou com cuidado o estábulo ao lado dos cochos e veio andando em minha direção, pulando medrosa para o lado quando as vacas mexiam as cabeças. Eu larguei o carrinho de mão e fiquei parado, morto de curiosidade.

Ela veio até em mim, me abraçou forte e apoiou seu rosto no ombro do meu macacão sujo.

— Você é tão normal — disse. — E tem um gorro tão feio!

Seu tom de voz era como se ela tivesse dito: "Ouve só, querido, estão tocando a nossa música!".

Juro que, de repente, tudo ficou mais claro no estábulo. Isso acontece algumas vezes em noites de verão tardio quando desligo a ventilação e, de repente, a luz fica mais clara.

Ela não veio para terminar.

Fomos para casa, fizemos um chá e colocamos sobre a mesa o resto dos pãezinhos de canela que comprei para oferecer ao veterinário. Então ela me contou sobre a sua colega.

27

A vida ficou muito pequena para mim.
Eu poderia ter uma nova.
Não faz mal se for de segunda mão.

INEZ COMPROU SEUS ARQUIVOS QUANDO O REGIMENTO FOI desfeito em algum momento dos anos 1950. Ela juntou pastas ali dentro ao longo de vinte anos.

Primeiro, sobre os seus parentes de até sete gerações passadas. Ela fizera uma pesquisa sobre a família. Tudo começou assim. Somente mais tarde ficou claro para mim.

Mas por que devemos colecionar informações sobre pessoas que morreram há tanto tempo?

Então ela começou a acrescentar pastas sobre vizinhos, colegas e camaradas de alta classe. De amigos ela não tinha nenhuma.

— Isso não me interessava — ela dizia pragmaticamente. — Tornamo-nos dependentes um do outro, é cansativo. Não se sente mais livre.

As pastas que ela havia feito sobre as mulheres do caixa do supermercado da esquina, sobre o senhorio e sobre o carteiro não eram muito extensas.

— É difícil obter informações sobre eles — dizia ela se desculpando. — Acontece que eu me valho de observações diretas e algumas vezes obtenho minhas informações nos anúncios de jornal. Mas não os visito em casa.

— Observações diretas? — perguntei.

Ela sorriu satisfeita.

— Isso você nunca percebeu, não é? — ela respondeu.

Perceber? O quê?

— Eu não espiono — disse ela. — Eu não tenho o menor interesse em intervir na vida das pessoas, não quero nem prejudicá-las, nem ajudá-las. E, com certeza, não vou usar nenhuma de minhas informações. Além disso, o que eu coleciono é, para a maioria das pessoas, completamente desinteressante. Em todo caso, já tratei com meu advogado que no caso de minha morte tudo deve ser destruído sem que ninguém leia. Mas você pode ver a sua própria pasta.

Ela abriu uma gaveta verde de metal, sobre a qual estava escrito *COLEGAS*, e tirou uma pasta que estava pendurada. Ela estava bastante cheia.

— Sente-se! — disse ela em um tom de voz autoritário, como se eu fosse um cachorro preguiçoso, e pôs a pasta na minha frente sobre a mesa.

Havia fotos em preto e branco de mim na biblioteca, na rua e no meu terraço, a última delas parecia ter sido tirada de viés, lá de baixo, do outro lado da rua. As fotos do trabalho eram granuladas, como se tivessem sido feitas a grande distância e depois ampliadas.

— Eu revelo as fotografias no meu banheiro — disse orgulhosa.

Na pasta, estavam minha tabela de horários até a data atual, mensagens que circulavam por todos os colegas, protocolos e anotações que eu assinara e enviara aos colegas. Havia um pequeno caderno com a etiqueta *ROUPA*, no qual estavam listadas corretamente minhas cores e meus tecidos preferidos e alguns comentários sobre peças de roupas que eu vesti em ocasiões diversas: "Festa de Natal: saia plissada vermelha, casaco de lã comprido, blusa com golas de pontas longas", "15 de maio: casaco azul-escuro, grande demais, pertenceu ao marido falecido?". Havia uma lista de livros que eu emprestara e alguns recibos do armazém onde faço minhas compras.

— São os seus recibos — disse. — É um incômodo para você que eu a tenha fotografado sem que você soubesse e que tenha guardado os recibos de suas compras?

De fato, isso eu não pude afirmar, sobretudo porque ela me fitava com a cabeça inclinada, impenetrável como uma esfinge.

Eu tirei um grande lenço branco da pasta e ele espalhou um cheiro vago, mas familiar. Ela corou.

— Sim, é seu — ela disse. — Normalmente não guardo objetos. Mas foi por causa do perfume, eu queria saber qual perfume você usa. É o Eternity de Calvin Klein, não é? Descobri na perfumaria do *shopping*.

— Mas alguma coisa você tem que fazer com todas essas informações! Você faz isso somente porque gosta tanto de colecionar e arquivar? Ou será que você quer escrever um romance? — Esta ideia me veio de repente. Havia lido que há escritores que trabalham assim.

— Claro que não — ela disse irritada. — Já existem romances demais. Mas... É que de vez em quando... Já aconteceu de experimentar um pouco das suas vidas como se experimentam roupas numa loja. Coisas que nunca se compraria, mas que se experimenta mesmo assim, só para ver a si mesma com algo novo. Eu me sento no terraço e imagino que sou você sentada no seu terraço em um dia de primavera, vestindo o seu velho casaco e a sua touca com cogumelos, e estou comendo as torradas que você sempre compra. Eu fecho os olhos e sinto que meu cabelo é loiro-claro e escorrido e que só tenho um pouco mais de trinta anos. De fato eu me preparei e comprei as torradas e também quase comprei um frasco de perfume Eternity. Assim eu me sento ali, pensando no que deveria vestir amanhã — a saia verde comprida ou a calça jeans e o moletom? Devo ir almoçar com minha amiga ou ir ao cemitério? Então penso no seu falecido marido, sabe, eu o via com frequência, quando ele a buscava. Nesse ponto eu não vou muito a fundo. Eu não tenho grande interesse pelos seus sentimentos verdadeiros.

— A minha pasta está cheia — murmurei. — Vejo que você não coletou tanto sobre Lilian.

— A vida dela não me interessa muito. No início, fiz algumas observações superficiais, pois às vezes o meu olhar era atraído para ela, quando estava sendo outra pessoa. Afinal, ela também deve receber presentes de aniversário!

Presentes de aniversário! Não é milagre que ela fosse mestre em escolher os presentes certos!

— Você, ao contrário, me interessa muito — disse Inez. — Você também é uma dessas que preferem observar a participar da vida. Mas eu acredito que você é impaciente demais para arquivar o que você vê. Talvez isso ainda mude com o tempo.

Ela parecia ter a paciência de uma professora de primário. Com o tempo você também acabará louca, minha filha... Ela era?

— Você pode me dizer algo sobre a minha vida que eu ainda não saiba? — perguntei de repente.

— Sim — disse. — Mas é claro que não vou fazer isso. Seria golpe baixo. E, quem sabe, até perigoso. Sabe, seria como nessas histórias de ficção científica, nas quais você gira um botãozinho no passado e todo o presente se altera. Pois é, eu não sei. Na verdade, eu só experimento a sua vida de vez em quando e apenas por um curto tempo. Eu só a pego emprestado. Eu não a desgasto.

Certa vez ouvi um cientista finlandês falar que normal é somente aquele que ainda não foi examinado suficientemente. Por que achamos mais louco circunscrever a vida de uma pessoa do que observar pássaros? Ela não foi nem um pouco mais louca do que eu, nem amargurada ou sentimental. Somente prática, efetiva e muito poética.

— Esse cara novo — ela disse. — Ele me surpreende. Ou ele é o cara totalmente errado para você ou é o único possível.

— Benny? É, Inez, o que eu deveria fazer com ele?

— Eu já falei que não vou te aconselhar nada! — disse Inez.

28

ALGO ACONTECEU MAIS OU MENOS NO MOMENTO EM QUE ela chegou aqui e contou sobre a sua colega. Foi como se ela desde então tivesse começado a abrir mais os olhos do que a boca. Seja lá como eu posso expressar isso.

É claro, ela falava muito. E de modo algum eu tinha algo contra isso — considerando o silêncio em que eu vivia. E eu achei a maior parte das coisas que ela disse interessante, engraçada, gentil ou algo do tipo. Mas algumas vezes me pergunto se ela poderia vivenciar pelo menos *uma única coisa* sem falar disso ao mesmo tempo. Parecia ser sua maneira de tomar para si tudo o que ela vivia. Como se ela tivesse de picar tudo para então poder engolir, como um aposentado com dentes podres.

Além disso, existem pessoas que usam suas câmeras fotográficas do mesmo modo. Uma vez, quando eu era pequeno, tiramos férias por três dias em Gotemburgo com a prima de mamãe, Birgitta. Birgitta tirava fotos *o tempo todo*: do parque municipal, do porto, do parque de diversões, dos navios turísticos e dos bondinhos. De alguma maneira ela não se alegrava com as coisas se não pudesse fotografá-las. E depois no inverno, quando ela nos visitou, conversamos sobre a viagem e olhamos o álbum de fotografias, então percebemos que ela não se lembrava de absolutamente nada que não estava nas fotos. Nem mesmo do garçom maluco no restaurante do hotel que podia abanar as orelhas. Para Birgitta deveria ser um inferno perder um rolo de filmes, era como se tivesse perdido alguns meses da sua vida. E ela nem fazia fotos legais.

A Siri era um pouco como ela. Tinha que falar sobre tudo. Na verdade, havia somente uma única situação que isso me incomodava: na cama. Pois mesmo enquanto me acariciava, deixando-me totalmente tonto, ela ainda falava sobre qualquer coisa. Às vezes, até sobre o que estávamos fazendo e isso me deixava quase constrangido: "Humm, às vezes me pergunto se o cotovelo é uma zona erógena ou se é você que faz isso comigo... Você sabia que a duquesa de Nivers desenhava um mapinha de sua vagina e o ilustrava com aquarela para que os seus amantes pudessem satisfazê-la mais facilmente?".

Era assim o tempo todo. E de alguma maneira nunca sabia o que dizer.

Até aquela tarde na qual ela esteve na casa da tiazinha dos arquivos. Em um primeiro momento, ela não demonstrou nenhum interesse especial por sexo, embora quisesse passar a noite comigo. Ela se despiu, deitou-se na cama de barriga para cima e fitou silenciosamente o teto. E como ainda era especial ter ela na minha casa, não pude me conter.

Às vezes acho que tento mapear todo o seu corpo como se ele pudesse, de repente, sumir. Eu conheço as covinhas que ela tem na clavícula, seus dedinhos retinhos do pé, sua pinta abaixo do seio esquerdo e os pelinhos loiros nos seus braços. Se brincássemos de cabra-cega, eu nunca me confundiria desde que ela estivesse pelada. De resto, acho que a reconheceria apenas pelo seu nariz arrebitado. O engraçado é que ela se acha inexpressiva. Não posso dizer que ela seja bonita ou feia, de alguma maneira isso não me interessa. Ela simplesmente é o que é.

Nesta tarde, ela não disse palavra alguma. Eu não sabia se deveria começar fazer amor, porque normalmente ela deixa claro quando acredita que é hora para isso. Mas então ela suspirou fundo, me pôs deitado de costas, tomou minhas mãos e as cruzou sobre o meu peito. E começou a brincar de cabra-cega comigo, ainda calada.

Dizem que pessoas solitárias vão com muita frequência ao cabeleireiro, ao dentista e à pedicure apenas para ter a sensação de que alguém as toca. Ela nunca me tocou antes assim como agora — e nem se tratava de zonas erógenas. Pelo menos por um bom tempo não. Acho que eu estava perto de chorar. E eu sei que ela chorava. Suas lágrimas caíam na minha mão, e, quando queria dizer algo, ela colocava os dedos nos meus lábios.

— Shiii, estou experimentando a minha vida — disse. Eu não sei o que ela quis dizer, mas parecia tão natural como, às vezes, acontece nos sonhos.

29

As suas mãos no meu corpo
Dão forma a ombros e seios.
Você contorna as curvas dos meus
pés, meus lóbulos
E revela um pequeno esquilo entre
as minhas coxas.

ELE TEM DUAS MARCAS DE CATAPORA NO ROSTO, UMA NA têmpora, outra no canto da boca. Hoje de manhã no trabalho, eu me peguei, na frente do computador, no meio de uma pesquisa complicada de obras de referência, passando a mão sobre o teclado como se fosse sobre seu rosto. Eu fechei os olhos e corri os dedos do P até o D, acariciei as leves cavidades das teclas com a ponta do dedo e aí abri os olhos e observei as minhas mãos, como se nunca as tivesse visto antes. Estes dedos brancos e ossudos sentem os pelinhos da sua nuca, as covinhas da sua clavícula e as veias que serpenteiam o seu antebraço e seguem a linha de pelos do umbigo até embaixo...

Minha existência tornou-se tão física que sinto estar quase perdendo o controle sobre ela. Pessoas me diziam que pararam de fumar e, de repente, puderam sentir o aroma do chá, o sabor do chantili ou como a primavera era feita de uma composição completa de aromas. Minhas antenas também conseguiram dar esse salto: eu sinto nas minhas coxas que a cadeira é macia e elástica, que o tecido de linho parece grosso ao passar a mão. Eu sinto que uma sensaçãozinha exata brota quando passo uma pena sobre os lábios. Se continuar assim, as pessoas vão pôr a mão na cabeça e virar os olhos assustadas quando virem que eu estou tateando tudo ao meu redor.

Tive de ligar urgentemente para Marta. Quando contei para ela como estava sentada ali, acariciando o teclado do computador, ela fez um barulhinho estranho, um tipo de arrulho de pombo, baixinho, quente, protetor, como se ela quisesse dizer o quanto se alegrava por mim. Mas ela apenas disse que eu deveria tomar cuidado para não ser presa por abuso sexual de equipamento de escritório.

Eu nunca fui uma pessoa sensual. A vida com Örjan me ensinou isso. Eu aceitava isso com indiferença, possivelmente estive até mesmo orgulhosa, como se isso fizesse de mim uma pessoa racional, acima do comportamento animal. O suplemento dominical sobre sexo deixava-me bufando de impaciência: "Aperte aqui" e "ali faça círculos com a língua", às vezes, com o complemento "Assim você mantém o seu amor...". Tudo soava tão eficiente como se fosse um curso de como se azulejar o banheiro tendo os ladrilhos o mais alinhado possível. Não tenho nada contra cursos eficientes, mas não se pode chegar afirmando que eles tratam de amor. Eu me recusei a começar uma carreira como odalisca, pois no trabalho eu já tinha que ser eficiente o bastante.

Örjan me entendia e gostava tanto de assumir o papel do homem que sempre queria ter um pouco mais do que sua mulher.

Eu o fazia, por assim dizer, mais potente, sendo fria e ausente. O que ele teria feito se eu, louca de desejo, tivesse dado uma rasteira nele e o puxasse sobre o tapete? Acho que sua excitação iria imediatamente por água abaixo. Pensando melhor agora, acho que ele também não foi muito sensual.

Pois nunca ocorreu de ele mostrar a mesma impaciência infantil como Benny fez, especialmente quando não nos víamos por algum tempo. Como se tivesse por muito tempo pressionado seu nariz ansioso contra a vitrine de uma loja de doces com a mesada na mão. Nesse meio tempo, ele explorou o meu corpo inteiro, centímetro por centímetro, com todos os cinco sentidos, e me parece, às vezes, também com um sexto sentido. Ele descobriu pintas que eu nunca tinha visto, funga longamente atrás do meu joelho ou observa o bico do meu seio como se nunca o tivesse visto antes. Ele fica um pouco nervoso quando rio dele, e diz que é mania de sua profissão, que está acostumado a observar tetas... Mas o seu zelo e seu prazer são inconfundíveis, assim como seu desejo de partilhá-los comigo.

Quando ele começava com as suas viagens de descoberta sobre o meu corpo, eu ficava um pouco constrangida e perguntava se ele estava na inspeção de veículos. Mas isso aconteceu porque, em primeiro lugar, me sentia estúpida e inesperadamente tímida. Não me lembro quando eu também comecei a explorar, mas desde então, obviamente, trabalhamos dobrado e as minhas mãos começaram a se sentir vazias quando não o tinham por perto.

Às vezes, quando observo seus lábios e fico pensando em todos os lugares por onde já passaram, ainda fico muito corada. Eu! Que sempre recomendei a ingestão de amantes como um tipo de fonte de vitaminas para manter o organismo em dia...

30

NA MAIORIA DAS VEZES, ESTAMOS NA MINHA CASA, POIS raramente posso deixar a fazenda, mas de vez em quando passamos a noite no apartamento dela. Eu não me sinto nada bem lá. As paredes são brancas, os tapetes são brancos e os poucos móveis que ela tem são de metal tubular. Parece que você está em um maldito de um hospital. Na cozinha ela prepara uma gororoba com legumes que me dá gases. A qualquer momento alguém poderia pôr a cabeça dentro da sala e dizer: "O próximo, por favor!".

No canto ficam vasos com plantas tão grandes como árvores. Se eu não conhecesse bem, pensaria que eram de plástico. O apartamento inteiro parece antialérgico. A única coisa que parece um pouco animadora é o pôster que comprei para ela. Na verdade, ele é bastante ridículo, por isso foi legal da parte dela ter pendurado.

Será que eu deveria dar alguns quadrinhos em ponto cruz da minha mãe para ela? Só Deus sabe que eu já tenho mais do que o suficiente em casa. Acho que mamãe bordou um por semana, durante cinquenta anos, a maioria serviu como presente de aniversário a amigos e vizinhos. Seja por onde eu for no vilarejo, as obras de suas mãos dedicadas estão me olhando de algum canto. E mesmo assim tenho o bastante em casa para cobrir completamente as paredes. No sótão há uma mala cheia deles.

Ela também não tem TV. E é claro nenhum aparelho de vídeo. Por isso, evito visitá-la quando há um jogo importante na TV — mas claro que não digo isso, em tais noites tenho de "despachar a contabilidade". Certo dia, em vez de eu ir até ela, ela veio até mim. Eu me irritei, pois, obviamente, não pude ver o jogo de futebol naquele dia e tive que me atracar de fato com a escrivaninha do meu pai, à qual já transbordava de pilhas de papel.

Mas no fundo isso foi uma sorte dos diabos. Os papéis tratavam de “débito”, “aviso de cobrança”, “último dia de pagamento” e “intimação de pagamento”. Fiquei sentado ali acordado metade da noite, suei, mas consegui resolver a maioria deles. Talvez eles atuassem como um tipo de anjo da guarda, totalmente inconsciente.

E foi fantástico estar sentado ali com a testa enrugada enquanto ela se espreguiçava no meu colo e se aproveitava de mim sem vergonha. Com tal regalia no local de trabalho, poderia facilmente me imaginar um contador dedicado e minucioso... É, não é sempre que esperamos pelo nosso jogo de cabra-cega, que atravessa a noite. Quero dizer, eu tenho um estábulo, para o qual eu tenho de me arrastar a cada manhã bem cedo.

Eu perguntei a ela por que não tinha TV em casa. Quando estamos na minha casa, ela fica vidrada nos programas, especialmente nos comerciais. Seus preferidos são os dos bebês gordos que vibram de alegria com suas fraldas impermeáveis e o das meninas que deliram com seus protetores diários, como se estivessem sendo salvas pelo sangue sagrado do cordeiro, aleluia! Ela assistia a tudo com os olhos arregalados: do programa de auditório com os alegres velhinhos colecionadores de anão de jardim até os filmes policiais da madrugada, que sempre terminam com um acidente de carro em um despenhadeiro. Eu transava com ela sobre o tapete na frente da TV, sem que ela tirasse os olhos da novela das sete.

— Está vendo! — ela dizia. — Claro que uma pessoa como eu não pode ter uma TV!

Ela só não suportava esporte. Assim que ouvia a musiquinha de um conhecido programa esportivo, começava a reclamar impaciente e tirava da sua bolsa de pano florida qualquer maldita antologia de poemas. Sem a bolsa, ela não ia a lugar nenhum, pois tem sempre alguns livros ali dentro.

Ou ela faz o que pode para me distrair. Uma vez, ela me tomou sobre o tapete sem que eu tivesse tirado os olhos da final de hóquei.

Algumas vezes alugávamos um vídeo. Isto é, nunca havíamos alugado *um* antes, porque nunca chegávamos a um acordo sobre qual levar. Levávamos dois. Enquanto o vídeo que eu escolhi passava, ela desfazia sua bolsa florida e, durante o filme dela, eu adormecia.

Nós combinamos como mosca e esterco. Eu não quero que acabe. Estou vivendo um dia de cada vez.

31

Bem,
Você tem a pá e o balde,
Mas eu tenho todas as belas
forminhas de areia.

ÀS VEZES, EU ME PERGUNTO SE DEVERIA TRAZER ALGO DA biblioteca, já que ele mesmo não tem tempo de ir até lá. "Se você leu um livro, já leu todos os livros e isso eu já fiz ano passado!", disse ele sorrindo ridiculamente.

Algumas vezes eu o atraio até o cinema e justamente quando ele vai entrando na sala para ver *Loucademia de polícia 14*, puxo ele para o lado e o empurro para a sala de *O piano*. Ele assiste ao filme carrancudo por algum tempo. Durante as cenas de amor na selva, ele desliza seus dedos entre as minhas coxas, até que eu me retorça como uma minhoca. "Exatamente *agora* estou perdendo o programa de esporte!", ele cochicha dentro do meu ouvido.

Quando a gente sai, ele faz tanto barulho que as pessoas se viram para olhar para nós: "As pessoas de antigamente não eram assim tão imbecis!".

Arrastei-o uma única vez ao teatro. Foi uma peça sombria e vanguardista com cenas curtas que mostravam o vazio da vida moderna da metrópole. Ele deu altas gargalhadas no meio de uma plateia silenciosa como um túmulo. — Não me divirto assim desde os *101 dálmatas* — disse ele bem alto no saguão de entrada, fitando-me provocante.

— Você só faz isso para me irritar! — gritei depois, no McDonald's. — Ninguém disse que você é bobo ou que precisa de discernimento. Por que você não pode aceitar que eu tenho uma vida própria e que nela há coisas que valorizo? Eu não faço nenhum comentário estúpido sobre suas vacas!

— Eu também nunca esperei que você ficasse sentada em frente da máquina fitando-a por duas horas — disse ele, sentindo-se machucado. Aí ficamos em silêncio.

Para vingar-se, no domingo seguinte, ele me leva a um evento em que tratores enormes competem em deslocar grandes pesos e empesteiam o ar puro de outono com a fumaça azul do escapamento. O barulho é terrível. Örjan teria escrito vários artigos sobre isso. De alguma maneira, estou passando mal. Benny puxa seu gorro ainda mais sobre o rosto e nem liga para mim, discutindo sobre carburadores com outros caras com gorros parecidos.

Então vamos para casa e fazemos amor como dois malucos.

— Será que só se trata dessa única coisa? — lamento com Marta.

— Por que só? — disse ela.

Os melhores momentos são estes quando, depois, ficamos deitados tranquilamente, agarrados e relaxados um no outro. Aí inventamos diferentes tipos de testes para nos conhecer melhor.

— O que você faria se estivesse olho a olho com um touro que escapou? — ele perguntou.

— Eu daria um pulo enorme de cinco metros até a cerca do pasto e, pouco antes de conseguir pular a cerca, desmaiaria e viraria patê — disse.

— Nada disso. Você iria em direção ao touro e diria que é proibido ofender mulheres em público e o touro é que desmaiaria! — ele falou.

— O que você faria se descobrisse de repente que, em um jantar de gala, sua braguilha está aberta e o seu passarinho está tomando um ar? — perguntei.

— Então tiro todo o resto, dizendo que eu sou o encarregado da associação de exibicionistas e pergunto às pessoas se gostariam de apoiar nosso negócio com uma pequena quantia — respondeu rapidamente. — Não, na verdade, talvez eu tentasse fechar a braguilha em segredo, prendendo assim a ponta da toalha da mesa e derrubando por fim todos os pratos quando saísse. E então eu iria de costas até a porta, enquanto a toalha estivesse pendurada na braguilha e sorriria de uma orelha a outra e sairia de fininho e pisaria na toalha e tropeçaria nas escadas e quebraria as duas pernas! O que você faria se comprasse um livro e então, quando entrasse em outra livraria, a vendedora achasse que você roubou o livro?

— Eu riria histericamente e pagaria de novo e, além disso, compraria mais três exemplares do mesmo livro e diria asneiras do tipo quero presentear os meus amigos, aí sairia da loja com as orelhas vermelhas, deixando os quatro livros no caixa!

Nós estamos de acordo que, se ele fosse o pateta nacional, então eu daria uma boa senhora pateta e ficaria exposta a seu lado na vitrine de um museu.

32

NOS MESES DE INVERNO, COMO DE COSTUME, NÃO ACONTECE muita coisa na fazenda. Está certo que eu deveria trabalhar na floresta, mas no começo de novembro caiu uma neve lamacenta e só com dificuldade podia seguir em frente. Para todos os efeitos, foi assim que me convenci. Além disso, estava desagradável, gelado e havia muito vento — um tipo de clima para o qual quase não existe roupa.

Eu tive muita vontade de fazer algo na casa. Nada urgente como os entalhes na varanda que estão, aliás, bem embaixo na minha lista de tarefas a fazer. Mas...

Pouco tempo atrás vi um programa na TV sobre como os postos de gasolina dos anos 1950 foram tombados pelo patrimônio histórico. Só assim ficou claro que, da mesma maneira, poderiam tentar tombar a minha sala. E também a cozinha. Mamãe nunca teve interesse de verdade pela decoração. Ela limpava, claro, mas de resto deixou quase tudo assim como era no tempo dos seus pais, pois ela nunca poderia imaginar jogar fora algo que ela e papai compraram juntos. E eu?

O único cômodo na casa pelo qual eu tinha interesse em decorar era o meu próprio quarto. Com dezessete anos, antes de assumir a fazenda, ataquei o papel de parede marrom e sombrio do tempo da minha avó — para depois pintar a parede de preto. Coloquei uma colcha de tigre rajado na cama e pendurei alguns pôsteres de roqueiros cabeludos na parede, junto de um quadro de uma garota pelada, que tinha em seu corpo vários cortes, desenhados com caneta azul, como aqueles que se veem em vacas no açougue. Naquela época achei isso extremamente excitante. Meu Deus, como! E Carina também achou o máximo. No meio de uma noite de verão, quando meus pais tinham viajado e eu precisei assumir a ordenha matinal, sumi com ela para dentro do meu quarto e então tentei desenhar o esquema no seu corpo. Com tinta. Nós dois estávamos muito chapados de alguma coisa que, aliás, poderia ter nos cegado. E depois de termos rolado muito sobre a colcha de tigre, ela parecia um bagaço. Mais tarde, mamãe a jogou fora sem fazer nenhuma pergunta. Ela sempre foi assim mesmo.

Um tempo depois, rasguei os pôsteres de rock e pendurei na parede fotos de tratores gigantes. Mas eu nunca consegui pintar o quarto de novo. Um dia, Desirée me disse que tinha a sensação de estar em uma cripta quando ela viu aquelas paredes pretas. E esse foi o momento em que decidi mudar algo na casa. Provavelmente, desenvolvi um instinto de ninho quando ela entrou na minha vida. Eu deveria ter desconfiado disso. Pois, como em breve será provado, a terra estava minada.

Primeiramente, forrei meu quarto com um belo papel de parede florido. E então encomendei cortinas pelo catálogo de compras, brancas com muitos babados e fitas brilhantes, pelas quais a cortina era suspensa dos lados. Por fim, em vez dos tratores, pendurei alguns dos quadrinhos em ponto cruz de mamãe com flores.

Fiz as mudanças quando soube que ela não me visitaria durante uma semana inteira. E quando ela veio, levei-a até o quarto, abri a porta e tentei imitar o som de um trompete.

Ela ficou paralisada. "Ah... legal!", disse somente.

Eu fiquei ali como um cachorro molhado. Então tentei fazer com que ela me dissesse mais alguma coisa, sobre como eu era habilidoso, caprichoso...

Dizer, por exemplo, que ela se sentia muito bem neste quarto.

Mas a única coisa que ela disse foi que agora o quarto estava mais claro e parecia maior.

— Mas você não achou bonito? — tentei.

Não deveria ter perguntado isso. Ficou claro que Desirée não gosta de mentiras, nem mesmo de mentiras de emergência. Ela simplesmente respondeu que o quarto deveria ser decorado de acordo com o meu gosto, não com o dela.

— Você quer dizer que gostaria de ter escolhido junto comigo o papel de parede? — perguntei e no mesmo momento percebi que não deveria ter dito nada.

E com isso fiz todas as perguntas decisivas que só depois compreendi. Pergunta essa que tinha sido feita muito cedo. Pois ela apenas respondeu: — Não, por quê? — e desceu para ver TV, pois não queria perder o noticiário.

Então, uma atmosfera pesada prevaleceu durante toda a noite. Brigamos por causa das notícias. Ela é um pouco de esquerda. Se ela não é da "esquerda caviar", certamente é da "esquerda patê orgânico", e eu defendo os interesses dos empresários porque me sinto um microempresário. Rapidamente ela me coloca numa armadilha na qual defendo o grande capital internacional, e, como ela está acostumada a argumentar, me faz dizer coisas que na verdade nem apoio. Aí eu fico puto e a coisa pega: defendo a silvicultura e falo mal de biólogos com rostinho de bebê. Ela faz discursos inflamados sobre a destruição do meio ambiente e a exploração dos recursos naturais do planeta. Então, no fundo, eu a acuso de incendiar matadouros com vegetarianos militantes.

E eu nunca consigo deixar de pensar que essas brigas estão acontecendo por causa dos papéis de parede. Ela quer apenas brigar porque não se decide se deve dizer algo sobre a casa ou não.

Pela primeira vez dormimos sem antes termos feito amor.

Mas ficamos de mãos dadas.

33

Eu amo o simples, o mínimo,
Formas rígidas, cores discretas...
Um gramado florido de verão
Parece-me um pouco embaraçoso.

EM PRIMEIRO LUGAR, TIVE DE ME CONTER PARA NÃO DAR risadinhas quando vi as cortinas que pareciam um vestido de baile de ... *E o vento levou* e quando percebi que os quadrinhos em ponto cruz tomaram a última reserva da casa, a sua antiga cripta. Mas ele não se aguentava de orgulho enquanto eu estava somente abatida, sem saber o que dizer. Certamente, não queria expressar a minha opinião acerca de sua decoração — porque isso significaria que eu queria dizer algo sobre esta casa. E eu não queria tocar nessa questão, nem mesmo sutilmente. Ainda não.

E depois aquele teatro em frente da TV! Naquele momento, quando fiz uma armadilha após a outra para ele, simplesmente me sentia bem, mas depois quase chorei, porque, na verdade, nem quero que ele diga aquelas frases reacionárias, pois aí perco o respeito por ele. E afinal eu sei que ele não é bobo, nem reacionário. E ele tem conhecimento de áreas que eu nem imagino. Mas é assim mesmo quando se está em estrelas diferentes.

Às vezes, podemos nos expressar de maneira menos ofensiva.

Uma coisa de que nós dois não gostávamos eram as roupas um do outro.

Certo dia, ele veio para minha casa com uma sacola de uma loja de moda, na qual senhoras por volta dos cinquenta anos, do tipo secretária-chefe, costumam comprar terninhos azul-marinho de três peças, com pequenas echarpes chiques. E, claro, vestidos para a noite bordados com lantejoulas que, perto do decote, se espalham feito eczema. Muitas vezes, Marta e eu ficávamos em frente da vitrine tirando sarro.

— Acabou de ter liquidação! — ele disse orgulhoso. — Abra a sacola!

Nenhum terninho, nenhum vestido para noite. Senão uma saia horrível, larga e de menina, com enormes rosas lilases e folhas verdes fluorescentes. Eu poderia pendurá-la, talvez, na parede de casa, como uma instalação artística. Mas vestir isso em público? Jamais!

— Mas... Isso não tem nada a ver comigo! — falei cuidadosamente e de alguma maneira com certo respeito.

Esforço em vão. Ele entendeu rápido demais. Então tentei tornar mais claro para que ele não pensasse que eu não estava sendo hipócrita.

— Então, ela é... Bem, bastante feia.

Ele teria preferido que eu tivesse sido hipócrita.

— Por que você tem que se vestir sempre assim como um cadáver recém-devolvido pelo mar? — bramiu e jogou a saia de novo para dentro da sacola. — Pegue essa merda mesmo assim. Você ainda pode rasgá-la em pedaços e usar para limpar as janelas!

— Cadáver! — Fiquei sem palavras. — Pegue-a você mesmo! Caso algum dia tiver de limpar as janelas! Ou vista-a no estábulo, nem o fedor pode piorar esta saia!

Encarávamo-nos.

Então, ele deixou-se cair ao meu lado no sofá e enfiou a palma das mãos embaixo das suas coxas.

— Eu não bato em ninguém menor do que eu! — disse ele cerrando os dentes. — Eu não faço isso, eu não *faço* isso! Mas eu as *empurro*! — acrescentou e me empurrou no sofá. Ele rasgou a minha camiseta, feita de algodão cru sem pesticidas. — Pensando bem, você é mais bonita sem roupa, pelo menos sem as suas roupas. Nunca vi nada pior do que a sua touca felpuda com os cogumelos!

Mesmo assim, vi que ele pagou quase trezentas coroas pela saia e estava consciente de que ele não tinha dinheiro para, simplesmente, jogá-la pela janela. Por isso eu decidi ir com ele à cidade e, como gesto de conciliação, comprar uma roupa no valor de trezentas coroas para ele. Eu escolheria, mas se não o agradasse, ele teria agora o prazer de me dizer isso na cara. Assim ficaríamos quites.

Andamos por horas pelos *shoppings* até que ele, como sempre, teve que retornar à fazenda. Eu peguei camisas de flanela com pequenos losangos branco-ovo e marrom-tabaco. Algo para um jovem fazendeiro descontraído! — Essas eu compro pelo catálogo. Três por 99,50 coroas e as visto quando estiver no estábulo! — resmungou. Uma camisa francesa refinada que se usa desabotoada até abaixo do peito, arrancou dele um sorriso prazeroso. — Com essa, provavelmente eu receberia muitas cantadas! — disse. — Claro, de outros caras!

Ele me puxou como um cachorro pela coleira até um suporte com camisas de cores berrantes com estampas e gravatas combinando e até paletós de corte muito estranho, usados talvez há dez anos em Hollywood. O seu gosto era como o de um cafetão quando se tratava de "roupa da cidade". Roupa para o trabalho não se comprava em lojas, mas encomendava-se pelo catálogo e entrava nas despesas da fazenda.

Finalmente, pude comprar para ele uma camiseta igual à minha e ele prometeu alegremente vesti-la na próxima limpeza da fertilizadora.

34

— POSSO MEXER NAS SUAS GAVETAS? — ELA PERGUNTOU.

Eu pensei que não tinha nada a esconder além de um ou outro antigo vídeo pornô e isso eu assumo sem problemas.

Mas ela encontrou algo muito mais terrível.

Ela encontrou meu boletim da nona série.

Ela olhava meus dez e meus nove enquanto ficava cada vez mais com o queixo caído. Aí ela começou a gaguejar de agitação e disse que era uma vergonha que meus pais não tivessem me incentivado a continuar os estudos. Com notas tão boas! Ela começou a dizer algo como apoio estatal e cursos noturnos e cursos técnicos.

Pela primeira vez fiquei totalmente louco de raiva. Eu queria mesmo é bater no meio de sua cara branquela para ver o seu nariz jorrar sangue. Mas em nossa família não se bate em mulheres. Não porque somos especialmente cavalheiros, acho eu, mas porque não queremos perder nenhuma força de trabalho valiosa.

Mas nela eu queria bater, e no seu caso realmente não se podia pensar em qualquer força de trabalho.

Em vez disso, vesti o casaco e fui embora calado, enquanto ela despejava uma torrente de palavras. Eu fui para o estábulo cuidar de uma das vacas com a febre do leite que tentava se erguer dentro do seu pequeno curral. Eu estava tão agitado que minhas mãos tremiam quando eu acariciava seu pelo suado e ela se esforçava para se levantar. Finalmente ela se ergueu sobre as quatro patas e mastigou uma porção da ração de vitaminas. "Aguente firme!" eu murmurava. "Aguente, aguente."

Então voltei.

A senhorita Desirée, a desejada, torcia o nariz irritada.

— Você não pode deixar o seu macacão do estábulo no porão? — disse ela. — É, sabe, com esses cursos técnicos...

Eu cerrei os punhos e os apertei contra as orelhas.

— Você compreende o que está dizendo? Você está dizendo que devo vender a fazenda! — gritei. — Pois você não pretende cuidar da fazenda enquanto eu levo uma vida boa com o apoio do Estado, pretende? Ou você achou por acaso que eu poderia levar as vacas comigo e abrigá-las na moradia estudantil?

Ela ficou ainda mais pálida, até mais branca do que bege.

— Eu não entendo por que você ficou tão zangado — murmurou. — Tem que ter alguma possibilidade para você estudar se quiser. Só queria dizer que você é evidentemente talentoso. Mas talvez você não queira. Esqueça o que eu disse!

— Querer! — gritei. — Querer e querer e querer! E aí? Quando tiver estudado cinco, seis anos e tiver adquirido meio milhão de empréstimos para pagar os estudos, além das dívidas que já tenho? Devo então me tornar bibliotecário e andar entre prateleiras de livros pensando em minhas belas notas? E que diabo você sabe sobre o que os meus pais me "deixaram" fazer!

Ela ficou sentada, ali, olhando, teimosamente, o boletim. Eu o tirei com violência de sua mão, rasguei em pedacinhos e deixei que eles caíssem sobre a sua cabeça. Eu me comportei como um louco.

— Tanto faz para você o que eu "quero"! — gritei. — É você mesma que quer. Quer ter alguém que possa conversar sobre Lacan para que você não tenha que se envergonhar diante dos seus amigos da biblioteca. E você não tem nem a vaga ideia do que é ter uma fazenda. O que eu quero é alguém que me ajude a pensar que as vacas, depois de darem cria, devem receber cálcio para que não peguem a febre do leite!

Eu gritava mais alto e mais alto.

Ela se levantou.

— Você está tentando falar mais alto do que quem? — disse isso e foi embora em silêncio. Eu ouvi quando o carro deu partida no terreiro, então se fez um silêncio ensurdecedor. Somente a sua pergunta ficou no ar.

35

Eu não deixo rastros na água,
Na foto do colégio sou a "Como-ela-chama-mesmo?",
Depois da minha morte, meus brincos de ouro cairão em domínio público.

FOI A COISA MAIS HORRÍVEL QUE JÁ VIVI.

No começo, alegrei-me, claro. O boletim que eu encontrei bem escondido em uma de suas gavetas, entre um diploma de natação e um desenho da explosão de um ciclomotor, era a comprovação de algo que eu já pressentia o tempo todo. Dez em quase todas as áreas — sueco, matemática, inglês. Apenas dois noves — em religião e na matéria de construção. Ele era simplesmente um cara inteligente. Ele nunca teve tempo para se tornar um CDF. Eu sabia que ele tinha de ajudar na fazenda assim que começou a estudar. Provavelmente, por isso ele ficava exageradamente rude quando eu tentava impor-lhe alguma cultura. Isso o provocava. Ele sabia que ali havia alguma coisa da qual ele poderia tirar proveito se cedesse, então teria de admitir ter perdido algo. Ter tomado a decisão "errada".

Eu estava totalmente despreparada para a sua reação furiosa. Parecia que não tínhamos nada mais para nos dizer. Eu quis, sim, conhecê-lo mais de perto e pensei comigo que pudéssemos, quem sabe, encontrar algumas estrelas para construir aquela ponte entre nós. Estrelas douradas.

Meus olhos estavam cheios de lágrimas de autopiedade quando eu saí de lá. Oh, como fui mal compreendida!

Isso não é verdade. Fui eu quem fez tudo errado, essa certeza crescia em mim perto das seis horas da manhã depois de quatorze xícaras de chá. A moça que sempre recebia estrelas douradas no seu caderno. E elogios da mamãe. A valente Desirée que acenderia a luz da instrução nas trevas rurais do lenhador. E, de fato, eu não tinha a mínima ideia do que os seus pais exigiam dele. Eu sabia apenas que eles estavam mortos e que ele tinha feito um viveiro inteiro de plantas sobre o túmulo deles.

De repente, senti desesperadamente saudades de minha própria mãe. Até um pouco de saudades de papai também. Da grande mesa de carvalho da família, na qual eu comia, e de mamãe lendo em voz alta um livro em inglês com uma pronúncia exagerada. Ela não sabia inglês, mas cuidava para que a cada verão eu viajasse a outro país para aprender uma língua. E ela chorou quando arranhei pela primeira vez no piano uma sonata de Mozart. Ela não pôde decidir se eu deveria tornar-me uma concertista de piano ou uma ganhadora do prêmio Nobel.

Eu me tornei uma bibliotecária com salário baixo e mais de mil coroas de débito devido aos estudos e que ainda precisava ser quitado. Mas com alta formação universal. Nunca tocava piano, no entanto podia tocar *Menina a bailar* na gaita. Eu era precisamente a mulher certa para pregar o evangelho ao grande Benny da fazenda Rönn.

No dia seguinte, não me atrevi a atender ao telefone. Eu tinha medo de que fosse Benny. E tinha ainda mais medo de que não fosse Benny. Por isso tirei três dias de férias e avisei papai que estava indo para casa.

Algumas pessoas dizem saber exatamente em qual momento elas se tornaram adultas. Marta diz ter sido quando sua mãe foi pega na cama do vizinho ruivo. Marta é a única ruiva de sua família.

Comigo, foi naquele mesmo dia em que estive na casa de meu pai.

Não que tivesse descoberto algum segredo de família. Caso houvesse algum, estaria enterrado pela eternidade sob um *iceberg*. Não que nada inesperado tivesse acontecido. Papai ficara em casa a contragosto, devido a um encontro do Rotary. Sentou-se lá e contou histórias tristes sobre como as putas do serviço social não prestavam para nada. Ele fazia intervalos de silêncio. Não fez sequer uma pergunta sobre como tenho passado nem com relação à mamãe. Disse apenas: "Sim, ela vai como sempre! Eu não posso correr sempre até lá e com você ela não pode contar!". Pode, pensei, nesses dias ela pode contar comigo. Eu irei até ela e notarei se suas mãos se parecem como as que eu guardo na memória.

Naqueles dias, visitei-a diariamente. Certa vez ela sorriu para mim e disse: "Acabou de pegar uma horinha livre, querida?". De resto, não entendi muito do que ela dizia, mas mesmo assim ela falou bastante. Sua cabeça estava como uma central telefônica com defeito, o tempo todo ela respondia a sinais falsos.

No caminho de volta, no trem, quando eu teria de declarar em um formulário quem eram meus parentes mais próximos, deixei a linha em branco. E quando me levantasse no meio da noite e me confundisse com a porta do banheiro no trem e caísse na escuridão, então, por esse mesmo motivo, o mundo não iria parecer tão diferente.

36

POR MUITOS DIAS, TRABALHEI COMO UM LOUCO PARA NÃO ficar em casa, caso o telefone tocasse. Ia para a floresta e derrubava árvores em um campo plano, embora normalmente eu evitasse ir sozinho para o mato. Conheço gente que ficou embaixo de uma árvore, que acabou tombando para a direção errada, ou mesmo pessoas que rastejaram pela floresta com uma perna cortada pela serra. Então pensei, caso isso acontecesse comigo, quem iria anunciar no jornal? Na minha cabeça imaginei o maior anúncio de óbito do mundo, assinado por vinte e quatro vacas com nome e número, respectivamente.

Mas é claro que não sou uma criança que se perde na floresta, disso eu sei. Daqui a pouco, será Natal e umas dez famílias me convidarão para cear com elas. Em primeiro lugar, os parentes — mas moram longe e, na verdade, sabem que eu não posso levar minhas vacas junto, se eu for. E aí algumas famílias do vilarejo. Um velho casal, amigos íntimos de minha mãe, que não tem crianças — eles voariam como pardais ao meu redor de tanta empolgação. E claro que Bengt-Göran e Violet. Naturalmente, eles partiriam do princípio de que eu estaria com eles e então provavelmente eu faria isso. A ceia de Natal de Violet não era de toda ruim.

Eu tentava não me imaginar em frente à árvore de Natal, junto com os olhos brilhantes da Siri. Comendo bolo de carne pronto, diretamente da embalagem. Ou uma maldita sopa de lentilhas qualquer!

Mamãe e eu sempre convidávamos todos os parentes. Fizemos isso até mesmo no ano passado. Ela pôde sair do hospital nos feriados e tia Astrid e minha prima Anita vieram com o porta-malas cheio de comida. Éramos onze pessoas. Sabíamos todos que era o último Natal de mamãe, mas nos divertimos muito, mesmo que isso possa soar estranho. Anita é enfermeira no hospital da região. Ela trabalhou, antigamente, por muitos anos na Suíça. Contou casos daquele tempo e histórias, lembranças da juventude e piadas sem graça dos parentes que encheram a sala. Nós ríamos até mesmo quando tio Greger imitava, como de costume, nosso poeta nacional Evert Taube. E quando ficava tarde, mamãe dizia ardilosa: “Ah, agora os velhos deveriam deixar os jovens um pouco sozinhos!". Ela estava se referindo a mim e a Anita. E ficávamos ali sentados e comportados, bebendo conhaque com cerveja malte até quatro e meia da madrugada e Anita me contava como ficou grávida de um médico suíço casado e de como ela abortou depois.

Este ano abri mão de decorar a casa para o Natal. Fiquei sentado emburrado na mesa da cozinha, olhando ao meu redor.

Mamãe ficaria desesperada. A casa estava prestes a cair em pedaços, estava impregnada com o cheiro de fazenda abandonada ou de um lar para veteranos de guerra. Eu havia pintado o corrimão da varanda e trocado as calhas, claro — mas de certa forma não sabia por onde deveria começar a deixar o interior mais aconchegante. Eu não queria nem pensar em como melhorar o meu quarto. Consegui deixar um pouco limpinho ao meu redor, mas eu não podia ficar ali parado, passando toalhinhas de Natal, ou então prendendo os festões nas estantes, os quais mamãe sempre tirava de cima de algum guarda-roupa todo ano, nessa mesma época.

Recebi do casal de velhinhos dois jacintos cor-de-rosa miseráveis e um pacote enorme com trufas, porque eu ceifara o campo para eles. E aí comprei mais um pacote de velas vermelhas em promoção. Se eu acendesse algumas dessas e as colocasse no candelabro que eu, por fim, havia encontrado, não precisaria me preocupar com o resto da cozinha. A TV estava ligada assim que eu entrei em casa e emitia sons de Natal, sozinha no seu canto. Levei-a para a cozinha.

Dois dias antes do Natal a Siri me ligou, às dez horas da noite.

— Sou eu. Posso passar o Natal com você?

— Claro que pode passar o Natal comigo! – disse.

No dia seguinte fui à cidade buscá-la.

37

Somos dois ursos peludos, você e eu, meu amigo,
quando hibernamos e, com o verão, sonhamos,
não pensamos no alvoroço e em prédios sombrios,
mas em bosques calmos, no luar sobre os campos.

A escuridão invade os dias e o vento sopra glacial –
vem cá, chega ao meu lado, esquece o frio comigo!
Um caçador na espreita, de longe o uivo de um chacal.
Na sua pele hirsuta procuro abrigo com o focinho!

MARTA E SUA GRANDE PAIXÃO HAVIAM ME CONVIDADO PARA a noite de Natal. A grande paixão se chama, como disse, Robert — Marta chama-o de Robertinho, Bobby ou o Maldito Bobbel, dependendo do que ela está sentindo por ele ou do que ele fez a ela recentemente. Robert tem quarenta e cinco anos e cabelos escuros, que ele reparte escondendo sua calvície; com o seu charme, até conseguiria que uma modelo de vitrine tirasse toda a roupa para ele — falando sério. E ele está sempre preparado para jogar esse charme também para cima de mim.

Algumas das colegas da biblioteca, que são solteiras ou mães solteiras, decidiram festejar o Natal juntas em uma casa de campo fora da cidade. Eu acabei apoiando essa ideia. Um Robertinho, que enchia a cara de vinho quente, era mais do que eu podia aguentar.

Andei pela cidade para comprar presentinhos de Natal para minhas colegas e seus filhos.

Mas voltei com uma sacola cheia de presentes de Natal para Benny. Eu levei uma tarde inteira para entender que tudo o que eu tinha comprado foi para ele. Eu tentava me convencer de que o que eu tinha comprado seria para as crianças ou para o nosso alegre grupinho. E então me rendi, liguei para ele e perguntei se poderia passar o Natal na sua casa. Ele disse simplesmente que sim, eu acho que os dois ficaram bastante surpresos. Eu desliguei, chorei um pouquinho e imaginei a porta de um trem batendo no escuro.

No dia seguinte, ele me buscou e demos uma volta no lotado *shopping* Domus. Marta tinha me emprestado um exemplar manchado de gordura do bom e velho *Livro de culinária da corte real sueca* e eu comprei os ingredientes para "Fino creme de caramelo I", "Biscoito palmier", "Pernil recheado (falso ganso)" e "Arenques à russa". Eu ainda tinha mais algumas ideias na cabeça, mas desisti por não encontrar nem carbonato de potássio, nem fermento de cerveja, nem leite fresco. Benny estava empolgado com o queijo de porco, mas a receita exigia uma cabeça de porco e aí ele desistiu e passou a se interessar por buchada. Ele disse que podia fazer buchada de bezerro. Enquanto procurava por potássio na prateleira de temperos entre as exóticas variantes de *chutney*, Benny sumia e voltava com uma sacola que eu não podia abrir. Então fomos de volta para a fazenda Rönn.

Acendemos a luz de neon da cozinha e então amarramos toalhas em volta da cabeça e da barriga, encostamos o *Livro de culinária da corte real sueca* sobre o televisor e começamos.

Tudo deu certo com o "Fino creme de caramelo I". É claro que tínhamos nos esquecido de comprar as forminhas, mas Benny se dispôs imediatamente a montar forminhas com papel manteiga segundo as instruções do livro. Derramamos a massa cheirosa dentro das forminhas amassadas e ficamos satisfeitos. Pior mesmo foi com os biscoitos palmier. "Se a massa for mexida por muito tempo, os bolinhos vão ter bolhas", disse Benny severo ajustando o temporizador para dois minutos.

Até aqui estava tudo em ordem. Mas quando chegamos à parte da receita que pedia para fazer um corte horizontal nas fatias da massa, passar uma metade da fatia por cima da outra e torcer tudo isso, deu tudo errado.

— Me dê um dos cozinheiros da corte sueca que eu vou dobrá-lo, cortá-lo em picadinhos e torcê-lo inteiro! — Benny gritou.

Enquanto isso, eu estava lutando com o "Pernil recheado" e exigi ofegante barbante e palitos. E para ser sincera, ficamos mais e mais animados e pulamos de propósito um ou outro passo das receitas, pois estávamos bebendo vinho quente a toda hora. Também tivemos uma discussão fervorosa sobre quem, de fato, era falso — o coitado do pernil que tentava fingir ser um ganso ou o pobre ganso que nunca havia pedido para estar nessa situação. Eu tomei partido do pernil, e Benny, do ganso.

O "Arenque à russa" ficou muito bonito, um pouco como uma das primeiras obras de Niki de Saint Phalle, a mulher que misturou gesso com tinta, esperou secar e que, com tiros de espingarda de chumbinho, criou sua obra.

Às onze e meia da noite, a cozinha parecia o estábulo — só que cheirava melhor, disse Benny, adormecendo sobre o banco. Eu arrumei tudo o melhor que pude, e, cheia de satisfação, senti como se gerações de donas de casa exaustas se enfileirassem atrás de mim.

Então o levei até a cama. Além disso, ele estava bêbado! Isso também valia para mim, prejudicando um pouco a imagem da dona de casa exausta. Ele acordou de repente e reclamou quando o deixei cair na escada, mas então voltou a dormir como um bebê. Eu caí ao lado dele na cama, olhando com uma seriedade alcoolizada o papel de parede florido e sentindo até mesmo um tipo de ternura com relação aos vestidos de baile pendurados como cortinas.

Assim vive-se bem, cada um na sua estrela, sendo simplesmente bons amigos, divertindo juntos, sempre que a solidão soprar em nossas nucas. Isso podemos, não é?

38

NA NOITE DE NATAL, FUI DE MANSINHO ATÉ O ESTÁBULO sem acordá-la. Eu cantava para as vacas a terceira voz de *Hosana*. Isso é a única coisa que eu sei cantar, mas pelo menos não canto mal.

Então quis surpreendê-la com arroz-doce na cama, mas adivinhe: ela já estava acordada e, claro, já havia fuçado na sacola de alimentos, que eu comprara discretamente, no momento em que seus disparates sobre potássio e banha de porco tinham chegado ao ponto máximo. A sacola tinha arroz-doce pronto em uma embalagem plástica, uma lata de pão de mel e um pacotinho de bacalhau congelado (pois ontem ela também havia procurado ingredientes para esse prato, bacalhau seco e soda para solução). Ela esquentou o arroz-doce no micro-ondas e decorou a mesa com os jacintos e as velas vermelhas.

— Eu já saquei que você não confia na minha culinária! — disse ela. — Mas eu vou fotografar seu palmier e usar contra você assim que eu ouvir *uma* palavra contra mim. Você deveria estar feliz como o diabo por não ter de comer caldo de grão-de-bico hoje à noite!

Nós nos enfiamos em um monte de roupas e saímos para cortar uma árvore de Natal. Claro que não chegamos a um acordo. Eu queria uma das arvorezinhas tortas, que nunca poderia ser usada em construção, e ela queria um pinheiro da Disney. Finalmente, encontramos uma tão feia que ela ficou com dó. Essa sim poderia ir conosco para casa, deixando os dois satisfeitos.

Mas, mesmo procurando muito, eu não pude encontrar decoração de Natal. Mamãe conversava comigo sobre muitas coisas importantes, mas ela nunca me revelou onde guardava a decoração de festa. Por isso precisávamos fazer tudo nós mesmos:

festões com papel de alumínio, bolas com velhas bolinhas de pingue-pongue, sobre as quais colamos tiras de panfletos do armazém da vila e imagens da revista *O agricultor*. Então prendemos tocos de vela com elásticos nos galhos do pinheiro e amarramos na ponta uma bandeirola vermelha com a inscrição: *Toronto Maple Leaf*.

— Aí você vê! Uma boa formação é útil em todos os momentos da vida — disse ela, me olhando com cuidado. Ainda não tínhamos tocado no assunto da grande briga de alguns dias atrás. — Grupo infantil de bricolagem da igreja — ela disse apontando para os festões. — E onde você os teria pendurado, se eu não tivesse minha própria floresta?

Depois almoçamos. O arenque à russa tinha o aspecto de composto fresco de jardim, mas o seu sabor era maravilhoso, assim como o do ganso falso. Os biscoitos palmier deixamos em um prato lá fora para o duende da casa, mas depois, pensando melhor, o trouxemos para dentro e, sem hesitar, jogamos no lixo. Se o duende os provasse, com certeza ele teria posto fogo no estábulo. Então também jogamos fora o bacalhau, nenhum dos dois gostava de bacalhau.

Descobrimos que ela sabia a segunda voz de *Hosana* e então discutimos sobre onde poderíamos encontrar a primeira voz. "Talvez devêssemos nos juntar e fazer uma", eu disse e fugi para o estábulo sem esperar uma reação da parte dela. Isso foi um erro, eu sabia. Viver um dia de cada vez — assim foi o nosso acordo, nunca expressado em voz alta. Tinha de ficar atento.

Depois da ordenha da noite, colocamos nossos presentes embaixo da árvore de Natal e um insistiu ao outro para ser o primeiro a abrir os presentes. Começamos com os inofensivos presentes de brincadeira: eu dei-lhe um cocô de cachorro de plástico, com o qual ela poderia dar novos ares ao seu apartamento antisséptico. Ela me deu um chapéu de gângster e um prendedor de gravata com um símbolo de dólar para usar com os meus amigos importantes do banco. Aí ela recebeu algumas luvas enormes de lã, e eu, um jogo chamado Castelo Assombrado. É claro que nenhum de nós investiu dinheiro em um presente que pudesse insinuar uma vida a dois. Isso foi parte do nosso acordo silencioso — mas eu tive coragem de presenteá-la com algo especial. Eu havia tirado a foto de tia Astrid de um porta-retratos de prata e enfiei uma foto minha tirada na nona série da escola.

— Este não sou eu de verdade, mas já que você gosta tanto dele — disse. Ela corou um pouco. — Então você também deve receber algo que na verdade não é você, mas que talvez você goste — disse ela. E foi uma antologia de poemas de Gunnar Ekelöf.

— "Toda a natureza em volta de você, fortalecida de amor e morte..." — ela leu e me olhou de lado. Eu me contive para não fazer a piada boba de que a antologia tinha a altura exata para calçar o pé da mesa manca da cozinha. Ela sabe bem que eu dou coices quando ela quer me empurrar algo de cultura, mas eu notei que ela queria me presentear com algo que, pelo menos, era parte dela, e propus a mim mesmo folhear o livro à noite, na cama, quando estivesse sozinho. Isso não poderia fazer mal algum. Só caso eu adormecesse e o livro tombasse sobre a minha cabeça... Cala a boca, Benny!

Eu a beijei e aí jogamos Castelo Assombrado. Queríamos estar aconchegados, nós dois, duas crianças perdidas na floresta. Afinal era noite de Natal!

O objetivo do jogo era atravessar inúmeras salas com diversos perigos, encontrar um tesouro e sair do castelo antes que batesse a meia-noite. Eu me deparei com armadilhas de espadas, monstros, buracos abismais e aranhas venenosas, mas também descobri passagens secretas e poções mágicas. Ela tirava o tempo todo a carta Sala Vazia e dava um passo certinho após o outro. Mas só eu consegui salvar a minha vida, mesmo não conseguindo levar o tesouro.

Aí ela começou a chorar.

— Mas... Você não sabe perder? Deixa que eu volto ao castelo e me jogo com você no buraco profundo — tentei consolá-la.

— Não é isso! — ela disse triste. — É que essa foi a história da minha vida. Muitas salas vazias.

39

E um dia, quando o inverno se foi, acordamos,
friorentos, magros, mirando o sol hesitantes.
Da primavera, sorvendo aromas feito vinho,
partimos em busca do mel de abelhas bravias.

Dispostos, pelos bosques vagamos, e logo
pescamos, na esperança de um verão próximo.
Bem sabemos: sempre a primavera irá chegar,
Se, juntos, o inverno não deixar entrar.

DE ALGUMA MANEIRA, CONCORDÁVAMOS EM NÃO DEIXAR que nada do mundo externo nos incomodasse durante os dias de Natal. Não saímos da fazenda, não atendemos ao telefone. Uma hora, quando notamos os faróis de um carro que se aproximava na rua de baixo, apagamos as luzes da cozinha e então ficamos quietos, ali, sentados e fortemente abraçados enquanto, lá fora, alguém batia na porta.

Tínhamos a sensação de que se abríssemos a porta somente um pouquinho para o mundo de fora, a brisa do vento poderia nos trazer monstrinhos, e esqueletos poderiam sair dos guarda-roupas. E foi provavelmente isso que finalmente aconteceu.

Os primeiros monstros que apareceram foram os amigos de Benny, Bengt-Göran e sua namorada Violet. Eles foram tão espertos que vieram justamente quando Benny estava no estábulo e não podia se esconder. Ele os convidou para entrar e os deixou comigo enquanto ele tomava banho. E desde o começo deu tudo errado.

Violet tinha uma sacola cheia de restos de sua ceia de Natal, que era obviamente muito melhor do que a ceia do hotel da cidade.

— É, Benny nos contou que cozinhar não é a sua especialidade — ela disse dando risadinhas e olhando para a embalagem plástica com o resto de arroz-doce que tínhamos acabado de comer.

Eu estava naturalmente puta com Benny e me senti traída e caluniada. E o pior foi que não tínhamos nada para oferecer além de dois cremes de caramelo em um prato — e eu mal pude ficar ali e me gabar pelo ganso falso já comido. Violet colocou muita comida sobre a mesa e mexeu nos armários como se estivesse na sua casa. E ainda falou o tempo todo sobre como ela conseguiu fazer diversos tipos de conservas durante o ano. — Olha só, talvez dediquem uma página inteira para você na edição de Natal de *O País*! — disse eu num tom venenoso que nem Violet pôde ignorar.

Bengt-Göran parecia um pouco bêbado, pois ficou o tempo todo ali me comendo com os olhos enquanto lambia os beiços. E quanto mais ele os lambia, mais Violet me olhava com ódio. Quando Benny finalmente voltou do porão, rosado do banho e com um sorriso inocente, o ódio já era uma neblina espessa que tomava conta da cozinha. Ele ficou atônito na porta da cozinha e obviamente quis melhorar o ambiente.

— Ah, Violet, que gentil de sua parte trazer algo da sua comida maravilhosa! Eu contei para Desirée sobre as suas deliciosas almôndegas, não é verdade, Desirée?

Se ele não tivesse mencionado justamente as almôndegas! Na condição em que eu me encontrava, imaginei que ele estivesse se referindo às almôndegas congeladas que eu havia oferecido como sacrifício.

— Cada um tem as almôndegas que merece — eu disse lúgubre e misteriosamente. E todos os três me olharam surpresos.

Bengt-Göran sorriu e aparentemente pensava que eu, como ele, ainda tinha um pouco de álcool no sangue. Ele tirou uma garrafinha do bolso e a sacudiu na minha direção me convidando. Violet me deu as costas largas e tirou uma forma do micro-ondas. Benny não entendeu o que se passava e mexia os pés impaciente. Esse traidor!

Então sentamos à mesa. Benny comeu como se não fizesse uma refeição desde o último Natal e fez piadas de que eu ameacei cozinhar caldo de grão-de-bico para ele. Violet mexia a cabeça com dó de Benny e Bengt-Göran tentava, sem parar, encher meu copo com cachaça. Quando pus a mão sobre o copo, ele continuou molhando minha mão, sem perceber, e aí se levantou para lambê-la. Eu puxei a mão sem dizer nada. Benny começou um relato confuso sobre como ele fracassou ao cortar a massa dos biscoitos palmier e Violet arregalou os olhos.

— Foi você *mesmo* que assou os biscoitos...? — começou ela.

Neste exato momento, tocou o telefone. Eu corri para atender. Era do hospital regional.

— Desirée Wallin? Temos aqui uma paciente que nos deu o seu número. Ela gostaria que você a visitasse se, de alguma maneira, fosse possível. Não precisa ser no horário de visitas. Ala 34, quarto F, um quarto individual. Porém a senhora deveria falar com o médico responsável antes. Infelizmente, não podemos dar informação sobre a condição da paciente pelo telefone. O nome? Ah, eu ainda não disse? A paciente se chama

Marta Oscarsson. Ela foi trazida ontem. Devo dizer-lhe que a senhora virá?

— Claro, estou indo imediatamente — sussurrei e fui para a cozinha.

— Posso pegar o seu carro, Benny? Marta ficou doente de repente!

Eu não sei se eles acreditaram em mim, mas também isso pouco importava. Eu entrei na caminhonete de Benny e fui embora.

40

— **OLHA, PREFIRO NÃO COMENTAR NADA SOBRE ISSO** — disse Violet, quando Desirée saiu, e claro que eu ouvi tudo o que ela *não* disse: Isso são modos? Se mandar quando recebe convidados em casa? Que aliás se deram ao trabalho de trazer algo para comer? Pois sabiam que ela é uma dessas que nem sabe fazer almôndegas! Ou quer...

Bengt-Göran estava bastante bêbado e murmurava algo como "Assim não dá, tem que pôr limites. Para que ela se ponha no lugar. Pegá-la um pouco mais forte, elas gostam disso. Talvez ela esteja simplesmente deitada lá no apartamento, esperando que você a pegue de jeito!".

Ele lambeu os beiços e cutucou Violet de lado, quase a derrubando da cadeira. Aí foram embora de braços de dados e acho que Violet foi a única a tirar proveito disso tudo. Às vezes, Bengt-Göran tem grande dificuldade para entender as coisas, aí ela começa a rir dele logo depois da terceira dose de cachaça.

Quando foram embora, sentei-me com as mãos entre os joelhos e me senti completamente desnorteado. Por que ela foi embora? Alguém realmente ficou doente? Eu sei que é preciso acostumar aos poucos com Bengt-Göran e Violet, mas Desirée também já tinha me apresentado alguns amigos da cidade que me arrepiaram. Aconteceu em um *pub*, depois de uma sessão de cinema.

Não é que eles não tenham sido gentis comigo, nada disso! Eles foram gentis como o diabo com o pateta caipira aqui, falaram de maneira simples e traduziram todas as palavras mais difíceis. E um dos caras, que trabalha na universidade e dirige um carro de luxo, me deu tapinhas nas costas, dizendo que ele sempre quis fazer trabalho braçal, que havia também todos esses subsídios e possibilidades de financiamentos e se, por acaso, eu vendia carne de qualidade. E uma bibliotecária miúda e convencida me perguntou o que os agricultores fazem durante o inverno. "Você está querendo dizer quando as vacas hibernam?", berrei, e aí a atmosfera na mesa ficou pesada.

Eu estou tão de saco cheio dessas pessoas. Elas leram em qualquer página de tabloide quais subsídios recebem os proprietários de alguma cidadezinha qualquer e agora todas sabem que em tempos difíceis os agricultores espertos são os que vencem. "Então, qual a explicação de vocês para o fato de que dia após dia muitos fazendeiros vão à falência. Em vinte anos provavelmente não haverá mais nenhum agricultor na Suécia!" Mas já haviam mudado o tema da conversa.

No fundo, eles deveriam nos proteger em uma reserva natural. Somos uma espécie ameaçada de extinção, como falcões-peregrinos e as anêmonas. E eu sei o porquê. Eu desejaria contar para eles que meu pai ia ao armazém com um tratorzinho e podia comprar uma barra de chocolate com o que ele ganhava por um litro de leite. Eu, pelo contrário, precisaria ir com o mesmo velho trator, já muitas vezes reparado com fita isolante e massa corrida, e pagaria o que ganho com cinco litros de leite para ter a mesma barra de chocolate. Hoje em dia já não lucro muito mais com o leite do que há vinte anos, mas o preço do chocolate subiu assim como o diesel.

E faz muito tempo que eu tive condições de pagar um auxílio. Eu me pergunto se o cara do carro de luxo, que aprecia tanto o trabalho braçal, acharia assim tão legal ter uma semana com noventa horas de trabalho sem receber pela hora extra, nem no dia de Natal!

O pior de tudo é que nunca podemos dizer uma palavra para explicar para eles, nem mesmo quando sabemos por onde começar. Porque aí eles se olham e dizem: esses fazendeiros sempre reclamam. Ou está muito úmido para as batatas ou seco demais, ha ha!

Desirée e eu nunca havíamos falado sobre isso, não depois da grande briga, quando ela achou o meu velho boletim. Mesmo que quisesse, ela não teria coragem de perguntar por que eu não desisto da fazenda. E eu não encontro um bom motivo para explicar para ela. Se eu desistir da fazenda, tenho de deixá-la com dívidas — sim, elas estão me perseguindo, porque uma vez fui bobo a ponto de fazer um empréstimo de um milhão para modernizá-la. Mais dinheiro do que eu poderia juntar se vendesse toda essa merda. E quem disse que eu vou achar um trabalho para poder pagar todas essas dívidas? Mas pode-se morar também em um lar para veteranos e receber ajuda de um conselho para endividados da central regional dos consumidores... Claro, maldição!

E se eu vender a fazenda, se não for mais o Benny da fazenda Rönn, quem serei então?

Eu gosto de ter diesel embaixo da unha, uma boa sala de máquinas e um jato de alta pressão, eu quero assinar *A vaca leiteira* e os classificados da *Revista do agricultor* e quero ter dois tratores, uma enfardadeira, uma fertilizadora e um guindaste! Até que um oficial de justiça venha e solicite um leilão obrigatório.

Se vocês tirarem o trator de mim e me forçarem a usar um terno, vou me sentir como um travesti.

Mas nos movimentávamos cuidadosamente ao longo das fronteiras desse tema, eu e Desirée. Ela me perguntou se não havia nenhuma outra coisa lucrativa na minha fazenda além de vacas. Provavelmente ela pensava em tanques cheios de carpa e em criação de sempre-vivas, ou algo assim. Ríspido, respondi que neste mundo somente negócio com armas, drogas e sexo é que era realmente lucrativo.

E imediatamente começamos a planejar como poderíamos transformar a fazenda em um bordel bem original. Desirée o batizou de *Kinky Country Club*. Senhoras e senhores, venham e vejam como fazem os animais! Eles usam camisinha? Venham e observem como a veterinária, com botas e de avental, faz a inseminação em uma vaca! Reservem já seus lugares no celeiro para uma nostálgica boda de prata! Apimentem suas vidas sexuais com um pouco de sadismo, aluguem arreios e se amarrem em estacas! E ainda o especial da fazenda Rönn: a última palavra em matéria de sexo, que os senhores nunca esquecerão! Sexo na cerca elétrica...

O caminho que seguimos quando surge uma pergunta difícil vai sendo gradualmente desviado. Fazemos um gracejo e fugimos de tudo que possa ser difícil.

Merda! Para onde ela foi?

41

Todo o leite derramado que você limpou para mim,
As risadas, com as quais você me aqueceu –
Não posso devolver nada.
Suas janelas estão escuras e a chave sumiu.

EU HAVIA VISTO MARTA UM DIA ANTES DA NOITE DE NATAL e ela estava ali sentada, exatamente igual à moça na ilustração do álbum de poesia — corada, com olhos incandescentes e a mão cheia de presentes brilhantes de Natal.

Agora é uma mulher de meia-idade, com o rosto pálido e inchado e mãos vazias, com as palmas para cima descansando sobre os joelhos, que está sentada em uma poltrona de plástico vermelha e desmantelada na psiquiatria. Eu me ajoelhei diante dela e a abracei, ela encostou seu queixo sobre o meu ombro e eu senti que ela olhava fixamente a parede do outro lado, por cima dos meus ombros.

Por muito tempo ela não disse nada.

— O que houve? — perguntei finalmente. Nem de longe eu podia imaginar o que poderia ter sido. Robert já tinha feito tanto mal a Marta, mas ela voltava sempre de joelhos, como um joão-bobo aos seus pés.

Ela não respondeu. Depois de um bom tempo, ela voltou a olhar para mim e perguntou franzindo a testa insatisfeita:

— Por que temos que viver? Tão inútil e difícil! — Ela me olhava acusatória.

Quando a pergunta foi feita dessa maneira, não me ocorreu nenhuma boa resposta.

— Mas mesmo assim quis que eu viesse — resmunguei.

— Eu? — disse ela. — Eu não quero nada!

Eu a visitei todos os dias e ficava sentava por horas a seu lado, calada. Pelo menos, parecia não incomodar. Quando eu perguntava como se sentia, ela resmungava coisas como: "Todos os ponteiros estão no vermelho e o último tostão estava em um bolso furado".

No quarto dia, sua boca transformou-se em um sorriso torto e ela me contou sobre um teste que teria de fazer para verificar se corria risco de cometer suicídio. Suicida. Páginas e páginas com centenas de perguntas como: "A senhora acha a vida sem sentido? Sempre/Frequentemente/Às vezes" e "A senhora se sente sem valor? Constantemente/Quase sempre/Frequentemente".

— Se antes desse teste você não tinha a intenção de se matar, depois dele vai ter com certeza! — ela disse, realçando algo de sua personalidade normal. E aí começou a narrar.

Há meio ano, Robert conseguira convencê-la a fazer uma esterilização. Ela não podia usar DIU e Robert achava todos os outros métodos simplesmente incômodos. Ela pensou bastante, mas engoliu, como um comprimido amargo, que Robert não queria arcar com mais pensões. Ela queria ficar com Robert, mas para tudo há um preço.

Uma noite antes do Natal, uma mulher ligou e pediu para falar com Robert. Após a conversa, ele resmungou alguma coisa, pegou seu casaco de couro e sumiu.

Ele não voltou mais. Marta passou a noite de Natal sozinha. Ela o conhecia tanto que não ligou para a polícia nem ficou preocupada com um possível acidente de carro. Ela saberia, disse para si mesma.

Três dias depois do Natal, ele apareceu de mãos dadas com uma moça novinha, que, numa primeira impressão, Marta achou cheinha e sem graça.

Aí ela percebeu que a moça deveria estar de cinco meses, pelo menos.

Acontece que só agora Robert tinha encontrado seu grande amor e queria fazer tudo por Jeanette e pela criança. Eles estavam a caminho do curso de preparação para o parto e queriam saber se Marta poderia talvez emprestar-lhes o carro na virada do ano, em consideração aos velhos tempos. Pois Jeanette tinha parentes que moravam fora da cidade.

O tom da voz dele diante de Marta, com a qual passara doze anos — sem contar alguns rompimentos —, estava marcado por uma ternura levemente confusa, como se ela fosse uma prima ou uma colega de escola.

— E eu poderia jurar que ele sentiu isso naquele momento! — disse Marta.

— Você já não tem filhos o bastante? — ela perguntou a Robert.

— Isso talvez você não entenda, Marta — Robert respondeu tranquilamente. — Quer dizer, você decidiu não ter mais filhos e não entende como um homem pode sentir falta de um filho quando encontra a mulher certa.

Aí Marta emprestou o carro. Tudo para que eles sumissem o mais rapidamente possível do seu apartamento.

Minhas mãos tremiam quando voltei ao trabalho.

Uma semana depois, Marta recebeu alta. Ela estava na minha cozinha picando cebolas para o almoço.

— Eu me sinto como uma figurante na minha própria vida — disse ela. — Eu passo marchando com os exércitos e com a arraia miúda no fundo da imagem, depois saio da tela e resmungo com as massas. Mas sempre há alguém em primeiro plano. Mas não consigo reconhecer quem é.

Muitas vezes ela falava como se estivesse num sonho, sem se envergonhar disso, sem esclarecer nada. Então ela fez algo realmente comovente.

Sem querer, ela cortou o polegar com a faca, um corte profundo. Por um longo tempo ela olhava o sangue e então descobriu o pôster ridículo com o casal dentro da concha, que Benny havia me dado.

Ela atravessou o quarto voando, subiu no sofá e pressionou o dedo contra o olho da mulher, cuidadosamente, como uma carícia.

Agora, a mulher chorava sangue.

42

ELA NÃO PODIA NEM VIR PARA CÁ ME TRAZER O CARRO DE volta, porque precisava ficar com a sua amiga no hospital. Ela passava o dia todo e a noite lá trabalhando. Eu tive de pegar um ônibus até a cidade e buscar o carro, ela tinha deixado a chave sobre um dos pneus. O carro estava estacionado na frente de sua casa. Eu fui até o quintal e olhei para cima, tentando ver sua janela. As persianas estavam fechadas — essas coisas de madeira, nem mesmo cortinas de pano ela tinha.

Ela não atendia ao telefone, e a secretaria eletrônica não estava ligada.

Passaram-se cinco dias sem que eu tivesse notícias dela. Eu comecei a ver todos os novos formulários de agricultura que entupiam a caixa de correio quase todo dia. Se em algum momento ela voltasse, encontraria o meu cadáver frio soterrado por pilhas de formulários, pensei. E então ela provavelmente me enterraria sob uma lápide mais parecida com um marco de fronteira e começaria a procurar, sentada nos bancos do cemitério, pelo próximo pobre diabo. De fato, eu tentava ficar zangado com ela, assim sofria menos e, pelo menos, podia dormir.

Eu não sabia se eu era indiferente para ela ou se ela tinha de fato uma boa razão para ter desaparecido. Será que eu faria o mesmo por Bengt-Göran? Sentaria dia após dia ao lado dele, tiraria férias e trabalharia à noite? E nem mesmo ligaria para ela?

Ah, isso não funcionava nem como exercícios imaginários. Bengt-Göran não tinha nem mesmo uma psique. Poderíamos fazer uma lobotomia nele com uma motosserra e ninguém notaria a diferença. De algum modo, não estamos ligados por uma amizade, senão antes por um hábito dos tempos de infância. Eu nunca tive tempo para arranjar outros amigos.

E, além disso, eu tinha a mesma mentalidade que os velhos aqui da região têm sobre "doenças dos nervos". "Deveriam ter atirado no primeiro psicólogo, assim nunca teríamos problema", disse um velho certa vez. Isso não era mesmo dor verdadeira. Os preguiçosos culpam os nervos quando não querem pegar no pesado.

Se eu tivesse falado assim na frente da Siri, aí ela teria me dado um chute no saco e me encarado até que eu pirasse, sei bem disso.

Então, de repente, ela ligou. Parecia aflita e eu agucei os ouvidos:

— O que foi?

— Está bastante difícil no momento — disse ela apenas. Eu me perguntava se ela queria terminar agora comigo por telefone. Pense rápido, Benny.

— Sexta-feira, completo trinta e sete anos — joguei, antes que ela pudesse me interromper. — Quer sair comigo? Sei que você não está em ritmo de comemoração, mas talvez uma cervejinha? Não é um dia tão especial assim. — falei nervoso até não poder mais.

— Ou então apenas um pequeno suco de maçã num dia assim completamente insignificante? — Sua voz soou um pouco mais alegre e aí ela decidiu organizar a festa de aniversário e vir uma noite antes para minha casa, com o carro de Marta, para me preparar um café da manhã na cama. Eu cantarolei de alegria como uma maldita cotovia. Ela estava voltando!

Às vezes, sentava-me no banco do cemitério e me perguntava se já não era o fim do começo, quando Violet e Bengt-Göran trouxeram aquele monte de comida, ou se tudo aconteceu somente no meu aniversário. Quer dizer, também ficamos juntos depois disso, a Siri e eu, — mas era como se gradualmente a luz fosse se apagando para nós.

Tudo começou tão bem. Na noite do meu aniversário, brincamos e rimos como em dias alegres e bebemos uma garrafa inteira de um champanhe seco que ela havia trazido e que tinha o gosto do resultado de uma fermentação de ácido fórmico. Ela parecia um furacão quando passou pela cozinha e escondeu alguma coisa no meu guarda-roupa. À noite, eu me atraquei com ela como se eu fosse um náufrago e ela o único barco salva-vidas. Adormecemos tarde.

Na manhã seguinte, acordei como sempre com o despertador. Observava-a e esperava o meu café de aniversário.

Mas ela ainda não tinha acordado! Fiquei mais um tempinho deitado, roendo as unhas das mãos e me perguntava se deveria acordá-la discretamente. Consegui que o despertador tocasse mais uma vez enquanto tossia levemente como um velho com tuberculose. Mas ela não queria acordar. Provavelmente, tinha a ver com o fato de que ela começava a trabalhar normalmente às dez horas, e eu, às seis.

Uma meia hora depois do período normal de ordenha, eu cheguei ao estábulo e fui a presa perfeita para a ressaca do champanhe azedo do dia anterior. E deu tudo errado. Como eu cheguei atrasado, as vacas estavam dando coices mais do que normalmente e uma das novilhas me chutou a canela. O meu humor não era dos melhores quando acabei.

Quando entrei em casa, tomei banho o mais rápido possível e, então, abri cuidadosamente a porta da cozinha.

Ali estava a garrafa de champanhe com três dedinhos azedos da bebida. A cozinha estava quieta e vazia. Ela ainda estava dormindo. Na verdade, estava bastante feliz que ela, de todo jeito, estava comigo, na minha casa. Eu não deveria ter feito tanto barulho ao me vestir, esperando uma reação dela.

— Será que estou percebendo o cheiro de um martírio queimando? — ouvi no meio da roupa de cama bagunçada. Ela olhou no relógio e depois para mim pestanejando.

— Não esperava por nada— resmunguei.

— O que você quer dizer com isso?

Olhos azuis-claros, bravos, um piscar irritado de cílios brancos. Ela pulou da cama e começou a vestir a sua roupa de baixo, pudica e de algodão puro.

— Então vai receber exatamente isso que você esperava. Nada!

Agora sou *eu* o culpado? Calado, fui até a cozinha, ela com raiva atrás de mim e, ainda por cima, fazendo um barulho danado na escada.

Coloquei a cafeteira embaixo da torneira e a abri. A torneira explodiu e cuspiu ar. Merda! A maldita bomba estava de novo quebrada! Tive de sair. E alcançar o encanador!

A Siri me olhou de lado e mexeu no armário da cozinha.

— Não vai ter café — eu disse. — A bomba parou novamente!

— Então teremos cerveja e torta — disse ela sorrindo. Mas eu estava nervoso demais para registrar a sua mudança de humor. Ela não entendeu que o principal problema, quando não há mais água em uma fazenda, não era o café. O problema são vinte e quatro vacas sem contar a prole.

— Cerveja! Vacas não bebem cerveja, mesmo se eu tivesse uma centena de litros! Mas é bom que você esteja aqui, vou precisar de ajuda. Antes de ligar para o encanador, vou tentar resolver o problema eu mesmo! Temos que ir lá imediatamente — eu disse, tentando falar em um tom mais gentil.

Ela me fitava, sem sair do lugar. Eu já ia colocando o casaco.

— Vista esse! — eu disse e joguei-lhe o meu casaco de couro. — E você pode pegar as botas de mamãe, elas estão no guarda-roupa. O que você está esperando?

— Nada! — ela cochichou. — Mas é que o meu trabalho está esperando por mim! Por hoje, você terá de procurar outro criado!

Não tinha mais nada a dizer. Corri à casinha da bomba e depois de um tempo ouvi ela ligar o carro.

Com muita raiva, me esforcei com a bomba por algumas horas, mas a gente deveria ter feito esse trabalho em duas pessoas. Não consegui e entrei em casa para telefonar para o encanador. Na mesa da cozinha tinha uma grande salsicha e uma bosta de vaca em cima de um prato. Descobri que era um enrolado de carne assada e uma torta de chocolate malfeita. Ao lado havia um bilhete.

"Benny! Você é um idiota e eu também sou. Coma a torta! Por mim, pode se acabar de trabalhar o dia inteiro, mas venha hoje às seis e meia. Por favor! Não precisa vir de macacão, pois eu gostaria de sair com você para festejar."

Eu estava cansado demais para reagir. Se eu for me deitar agora, vou poder dormir algumas horas, pensei. Forrei a barriga com um pouco de torta e carne assada e deitei no banco da cozinha. Eu tinha acabado de adormecer quando o encanador buzinou em frente à fazenda. De novo para fora, cansado pra burro. Demorou muitas horas para fazer a bomba funcionar, mas aí já era a hora da ordenha novamente.

Às seis e meia me enfiei no carro, com o cabelo penteado, na estica. A torta de chocolate e a carne assada se reviravam no meu estômago. Eu não tinha conseguido comer outra coisa. Espero que ela me leve para uma churrascaria bem sangrenta, pensei. Molho Bérnaise!

Morto de sono e de fome é a minha melhor explicação para o que aconteceu no decorrer da noite.

43

Ouro de tolo foi o que te estendi às mãos,
foi transformado em folhas secas pelo sol,
surpreso, meu rosto vivo você olhou.

NÃO FOI QUE EU ESQUECI BENNY NO TEMPO EM QUE PASSEI com Marta no hospital. Eu o deixei apenas de lado por um tempo, pois simplesmente não conseguia fazer nada mais do que isso.

Não foi somente uma vez que eu quase abri meu coração à Marta — por muitos anos a fio essa foi a minha maneira de trabalhar tudo que eu mesma não conseguia resolver sozinha. Mas agora eu não conseguia. E quando pensava neste maldito Robertinho, queria enforcar todos os caras do mundo. De certa maneira, a realidade se congelou durante esses dias. Eu me sentava ali, trabalhava e dormia. E quebrava a cabeça pensando. Depressões são contagiosas, ninguém precisa me dizer.

Finalmente liguei para ele. E acordei do meu torpor sombrio, quando ouvi que ele faria aniversário. Lembrei-me do que ele havia feito no meu aniversário. Fui até a cidade e comprei champanhe e rosas e um enrolado de carne assada e temperada, como ele gosta. Depois de pensar bastante comprei finalmente um macacão para mim mesma na loja de uniformes. Ele deveria sacar que, na verdade, era um presente para ele. Sim, eu iria com ele de vez em quando no estábulo e seria "solidária" na melhor das intenções. E então comprei duas entradas para a exibição de *Rigoletto*, que acabara de entrar em cartaz na cidade. É minha ópera predileta, ninguém pode resistir. Pensei. Devo ter provavelmente imaginado um tipo de equilíbrio — macacão e ópera.

Secretamente, enfiei o macacão no guarda-roupa dele e preparei uma torta de uma mistura pronta. Ela não se parecia de modo algum com a foto da embalagem, isso é tudo que eu posso dizer sobre ela. Eu pensava em ficar na cama com macacão, torta e café, cantar-lhe um "Parabéns a você", chacoalhando as entradas para a ópera. As rosas eu deixei na escada da entrada da casa para que não murchassem. Então ficamos juntinhos de conchinha no sofá com o champanhe entre nós. A noite foi maravilhosa. Eu me senti como um gêmeo siamês. Não sabia que se podia ficar tão junto sem que se compartilhasse da mesma circulação sanguínea.

Então dormi tanto que não acordei.

Isso foi ruim o bastante. Eu me envergonhei, assim que percebi onde estava. Benny pisava duro de lá para cá no quarto e o tempo todo me virou as costas, nas quais se lia em letras garrafais: é meu aniversário, mas mesmo assim tenho de trabalhar e ir para a labuta, enquanto outros podem se dar ao luxo de dormir! E com letras menores: e ninguém me trouxe café!

— Aliás, eu nem esperava outra coisa de você! — ele disse e, de repente, me enfureci. Eu não conseguia lidar com essa alteração brusca dos gêmeos siameses direto para toda essa culpa e vergonha. Então brami que em todo caso ele não receberia nada de mim, referindo-me ao macacão, meu reconhecimento ao seu trabalho e minha ajuda, seja como for. Lá embaixo na cozinha me acalmei e até quis tirar a torta da geladeira . De repente, ele estava na minha frente com um casaco de couro na mão e me mandou sair para trabalhar. E aí resmungou qualquer coisa sobre vacas que não bebem cerveja para eu me sentir pior ainda.

Quando ele foi embora, enfiei o macacão dentro do carro, joguei as rosas fora, que, claro, congelaram durante a noite, sentei-me na mesa da cozinha e respirei profundamente. Por fim, escrevi-lhe um bilhete. A história toda foi deplorável. Temos que dar um jeito nisso.

Ele apareceu somente às sete e quinze, com o cabelo molhado e um sorriso cauteloso. Inicialmente, enquanto comeríamos algo mais leve, pensei em falar sobre algumas questões principais para assim criar uma atmosfera alegre para o *Rigoletto*, mas não havia mais tempo para isso. Corremos para a ópera e ainda, antes que a abertura começasse, consegui desejar-lhe os parabéns pelo aniversário. Ele fez "sim" com a cabeça e tentou olhar o programa no escuro.

Eu não adoro todas as óperas. O enredo de *O morcego*, por exemplo, me parece tão inacreditavelmente ridículo que acaba sendo sem sentido ficar sentado em uma ópera. Seria melhor ouvir em casa. Mas *Rigoletto*, essa é uma ópera de carne e osso que trata de inocência e culpa, de amor insensato e a música nos eleva aos céus. Para mim, Gilda, com sua paixão marcada pela morte, tornou-se nesta noite Marta, que estava sentada quietinha no hospital psiquiátrico. Na cena final, quando Gilda sacrifica sua vida pelo Duque, que está rindo com uma nova mulher, chorei sem parar, cerrando os punhos com tanta força que cravei as unhas na palma da mão. Eu estava muito ocupada com o lenço quando a luz se acendeu. Esperei que Benny fosse compreensivo.

Mas eu nem deveria ter me preocupado. Ele dormia profundamente. Ele se encostou um pouco para o lado em seu assento e roncou feio com o queixo apoiado na palma da mão e com a boca aberta. Demorou dez minutos inteiros até que eu o acordasse de vez, e todo mundo olhava para nós.

Depois disso, claro, a noite já era. Não falamos nada quando voltamos para o carro, e eu não pedi para que ele ficasse a noite comigo. Como sempre, ele precisava acordar às seis da manhã.

No carro, ele acariciou meu rosto com os dedos calejados e sorriu melancólico.

— Estamos quites agora? — ele perguntou. E eu não pude resistir em beijar os nós de seus dedos.

44

É CLARO QUE NÃO DÁ. NÃO NESTA VIDA.

Não é apenas por causa da fazenda. Já consigo imaginar diante de mim, quando entro em casa à noite completamente acabado — durante a colheita de feno, por exemplo —, ela com as entradas da ópera na mão, esperando e tamborilando os dedos sobre a mesa. Óperas! Deus do céu! Eu tive a impressão de que, durante todo o primeiro ato, meu estômago roncava mais alto do que uivava o gordo com a espada, como se quisesse atrair as vacas para casa. A Siri deveria estar feliz que eu tenha simplesmente dormido. Eu poderia ter envergonhado ela muito mais se eu estivesse acordado. Talvez eu teria até mesmo dito o que eu pensava, e em voz alta.

Mas ela não estava muito alegre. Isso eu vi bem.

Não concordamos em quase nada. Desviamos cuidadosamente de temas de política nesse meio-tempo. Eu me lembro da primeira batalha. Tudo começou com o fato de que eu mostrei a ela uma carta de um leitor que achei engraçada, e tudo terminou com ela me chamando de fascista e depois dormindo de costas para mim. E seguiram-se ainda mais divergências. De lá para cá, desviamos o olhar quase embaraçado quando alguma coisa que aparece na TV nos lembra de que temos opiniões divergentes.

Os nossos signos provavelmente não batem. É isso que tia Astrid teria dito. Antigamente, ela se ocupava com essas coisas. Mamãe e eu sempre tirávamos sarro quando ela falava muito decididamente sobre o que fazer quando se tem Júpiter no ascendente. Eu achei um artigo de jornal que afirmava que, na verdade, todos os horóscopos de hoje estão um mês desajustados, já que o calendário romano, que era válido quando os horóscopos foram criados, foi se atrasando ao longo dos séculos. Tia Astrid ficou tão confusa que nos envergonhamos. Ela levou essa ideia de ser um bondoso Touro tão a sério e agora, de repente, ela era de Peixes.

A Siri também lê horóscopos, mas é geralmente para me irritar.

— Se tivesse nascido dois dias antes, você teria um caráter sonhador e interessado em artes e poderia ser um artista da vida que vive um dia de cada vez — ela disse maliciosa, quando leu meu horóscopo. — Fazendeiros sonhadores, que vivem um dia de cada vez vão falir ou serão atropelados pelo trator — rosnei.

Provavelmente, só os nossos horóscopos podem explicar por que nos sentimos atraídos um pelo outro, embora nos defendamos com unhas e dentes contra isso. Pois acho que estamos fazendo isso. Talvez devêssemos contratar uma velha vidente para esclarecer tudo. Há um maldito transcendente qualquer em Vênus que está com Marte na casa doze? Não se pode mexer nesses círculos e nessas linhas para se ficar livre e parar de sonhar com Sirizinhas branquelas? E em vez disso encontrar a felicidade em uma jovem senhorita musculosa com dotes de dona de casa na central de auxílio rural. E a Siri poderia se aposentar ao lado de algum barbudo, com férias de verão e uma estante de livros de dezoito metros.

Depois do aniversário catastrófico, continuamos a nos encontrar, mas é como se andássemos em círculos de mansinho, observássemos um ao outro e construíssemos uma pilha de impossibilidades.

— Eu não posso tirar férias no verão, mas se eu tivesse alguns dias livres em setembro iria para as ilhas Lofoten pescar! — eu disse sorridente. — Isso não seria nada para você, não é?

— Ah não! Melhor seria o festival de teatro vanguardista em Avignon. Em julho! — ela respondeu. — As peças são em francês — acrescentou.

Tentamos convencer-nos mutuamente e a nós mesmos de que era melhor abandonar a festa enquanto ela ainda estava boa. Antes que terminasse mal. Não quero machucar a Siri de modo algum. Prefiro perder os dedos que me restam.

Acho que ela não entende isso. Eu odeio quando ela começa, por exemplo, a enumerar todas as monstruosidades que esse tal de Robert causou à sua amiga Marta. Ela vem fazendo isso frequentemente nos últimos tempos. Eu me sinto, de alguma maneira, acusado quando ela começa a falar. Acho que ela não está consciente de que usa essa entonação de "todos-os-homens-são-iguais". Algumas vezes eu digo coisas como: "É, quem sabe, talvez ela o tenha provocado", e então a Siri fica uma fera e endoidece. "Mas *eu* não sou um desses!" Tento acalmá-la. "Você acha que somos egoístas e que simplesmente usamos as mulheres — mas só porque eu sou homem não quer dizer que sou culpado pelo que os outros homens fazem! Você toma para si a culpa de todas as maldades que os brancos causaram às outras etnias? Afinal, você também é branca!"

Aí ela disse não ter afirmado que eu sou como Robert e perguntou por que eu o defendia. Pelo menos, ele não maltratou Marta, ela acrescentou. Então fiquei parado, sentindo vergonha pelo fato de que muitos homens ainda batem em mulheres. Nossas conversas não vão muito além disso.

E depois de desentendimentos como esse, o terreno fica tão minado com tudo o que foi dito e o que não foi que nos é cada vez mais difícil brincar, como fazíamos no início.

Mas pensando seriamente o grande problema é outro. Isso foi ficando cada vez mais claro desde que mamãe morreu.

Eu quero e preciso de uma mulher que possa cuidar de algo como um lar. Tudo bem. Por mim, ela pode comprar almôndegas congeladas e fazer tortas de misturas prontas, pode pendurar cortinas já bordadas e comprar roupas que parecem vir do hospital se, pelo menos, cuidar das coisas e estabelecer um tipo de organização, para que assim nasça a sensação de "estar em casa". Você mesmo poderia comprar as almôndegas, diria a Siri, e roupas você já tem o bastante — mas sem essa sensação de "estar em casa", tudo isso me parece sem sentido: só nos alimentamos para sobreviver e só nos vestimos para que a polícia não nos prenda.

Logo, logo não vou mais precisar de me preocupar em ter de deixar a fazenda e mudar-me para um lar de veteranos. Porque aqui já está quase parecendo um desses malditos lares. E eu não sei como posso ter essa sensação de "estar em casa". Acho que posso viver sem sexo, tive de viver assim por um bom tempo — mas não me sentir em casa na própria casa isso não é lá muito divertido.

E não acredito que a Siri vá querer. Ou poder.

45

Dizem que o amor se conquista
pelo estômago.
Mas o que fazer
Se só se sabe lidar com um abridor
de latas?

A VIDA FOI SE PARTINDO CADA VEZ MAIS. INEZ LUNDMARK tirou sua pré-aposentadoria e fui eu que assumi completamente a seção de livros infantis. Eu me entreguei ao trabalho, estava planejando uma semana com teatro infantil, contratei artistas da cidade para representar contos de fada com as crianças, comecei a encorajar os políticos municipais a investirem mais no setor cultural — e isso quase teria terminado com a minha entrada em um partido político. Acho que eu tinha uma fama de ser uma pessoa com muitas ideias, que faz as coisas acontecerem. Fui a feiras e cursos e quase fisguei o cara mais influente da política municipal quando tentei atrair dinheiro para um festival de filmes infantis. Então descobri que ele não estava interessado no festival.

Ele sugeriu irmos juntos a um festival de filmes infantis na Polônia por um final de semana. Sua secretária me ligou perguntando se realmente queríamos um quarto duplo e, de repente, entendi o que aqueles abraços e apelidos íntimos ("minha pequena") queriam dizer. Quando fui tirar satisfações, ele primeiramente disse que, dessa maneira, o município pouparia bastante dinheiro... E, além disso, éramos pessoas modernas. Depois, que a sua secretária tinha cometido um grande equívoco e que ela era incompetente e que a despediria. E por fim não fomos ao festival.

Obviamente, tive que mudar o rumo, pois o máximo que conseguiria seriam grandes dificuldades para a secretária. Tais cavalheiros cuidam sempre de uma maneira para se garantir. Mas não tenho certeza se ele estava interessado apenas em uma pequena aventura por ter um alto cargo na prefeitura — acontece que ele me ligava à noite e ficava fungando do outro lado do telefone. Eu contei isso a Benny e ele se ofereceu para se disfarçar e conseguir um emprego na prefeitura. Essa foi uma das poucas oportunidades em que eu consegui despertar interesse pelo meu trabalho — acho que ele ficou um pouco enciumado.

O pior da história não foi esse magnata municipal tentar me paquerar ou não ter o festival. No decorrer dos anos, aprendi a me conter mais quando quero ser gentil com os homens. Desperto em alguns uma fraqueza quase incompreensível. Em primeiro lugar, acham que sou frágil e quando percebem que não sou, eu me torno um enigma que eles precisam desvendar. Isso já vem de muito tempo.

O pior disso era que a esposa do magnata era uma de minhas colegas de trabalho. Ela não sabia de nada, claro — não havia muita coisa que poderia saber — mas eu a ouvi comentar, na sala do café, como ela tinha o costume de fazer há anos:

— Agora que nossos filhos saíram de casa, finalmente Sten e eu temos mais tempo um para o outro! Se Sten pudesse apenas tirar férias, iríamos para Madeira, devido às nossas bodas, e lá faríamos nossa segunda lua de mel! Sten e eu e Sten e eu...

E à noite Sten fungava no meu telefone.

De tempos em tempos, havia muitos maridos na sala do café. Lilian geralmente reclamava do seu:

— ... E quando chego do trabalho, depois de ter ficado em pé por dez horas, ele fica lá sentado à mesa da cozinha com o jornal da noite aberto sobre cascas de ovo e tigelas de cereal do café da manhã, perguntando o que teremos para o jantar. E eu preciso sempre consolá-lo: ou porque ele não ganhou na loteria ou porque alguém no trabalho foi estúpido com ele ou porque ele está ficando calvo. No fundo, o momento em que eu mais descanso é quando ele está doente, pois então ele fica apenas deitado no seu quarto gemendo. Assim, eu e as crianças podemos fazer o que queremos...

— Olha só! Sten nunca se comportaria assim! Ele é tão atencioso que geralmente toma café da manhã no trabalho...

Era o tempo todo assim. Elas me davam nos nervos. Pois eu tinha certeza de que, um dia, sentiram pelos seus maridos algo como o que eu sinto agora por Benny. Quer dizer, eu sou velha demais para acreditar que "com a gente nunca vai ser assim...". Especialmente porque agora algumas coisas já começavam a dar errado com a gente.

Então a vida se dividiu em duas: o duro trabalho, que me divertia e me ocupava durante o dia, e o resto do tempo, que mais e mais eu usava para refletir.

Sten. O marido de Lilian. Robertinho. E Örjan.

E Benny?

Quão alto era o preço que eu estava disposta a pagar, e o que eu queria ter de fato?

Havia apenas uma pessoa a quem eu poderia perguntar. Por isso fui até sua casa.

46

NOS VEMOS CADA VEZ MENOS.

Ela não pode mais pegar o carro da amiga emprestado, pois pelo visto ela o vendeu, por isso ou eu preciso buscá-la, ou ela precisa tomar um ônibus. E só passa um às sete e meia da noite em dias úteis. Então ela só chega oito e meia aqui, e às dez eu tenho de ir para a cama. Raramente posso buscá-la antes das oito horas, o que daria no mesmo. Quando eu durmo na casa dela, tenho de acordar às cinco e meia.

Uma hora e meia, uma ou duas vezes por semana. Sem contar as semanas em que ela viajava.

Com isso, levaríamos alguns dias só para nossas brincadeiras. Não posso fazer direto esta pergunta: "Temos um futuro juntos?", quando ela está ali, parada na entrada de casa, pendurando seu casaco.

Eu esqueci os fins de semana. Às vezes ela passa um dia inteiro aqui. Esses são os momentos em que brigamos. Ou que tentamos evitar as brigas, mas é igualmente cansativo.

Mesmo assim sinto falta desses fins de semana — nos últimos três, ela esteve em conferências e cursos ou sei lá onde. Acho que eu deveria passar a encontrá-la novamente no cemitério.

Eu a levei junto a uma festa aqui na vila, como se fosse um tipo de tentativa. A situação entre ela e Violet estava um pouco tensa, mas os outros na vila, a maioria acima de cinquenta, gostaram dela. Com alguns deles ela falava com tanto entusiasmo que já me preocupava com a possibilidade de ela dar-lhes dicas de livros — mas, aparentemente, eles falavam sobre a história da vila. Sincero interesse de ambos os lados não faz mal — e, além disso, eu sei que meus vizinhos são francamente ternos quando se trata de me levar ao altar. Se a última fazenda sumir, a vila morrerá, segundo a opinião das pessoas daqui — todos nós temos isso em mente. Quer dizer, aí a vila se tornaria um subúrbio.

Eu ainda me lembro que fiquei sentado com a cara fechada diante da minha cerveja, imaginando a fazenda Rönn como uma pousada de férias para os funcionários de uma empresa de informática.

Aí fomos convidados para um café na casa de tia Alma e tio Gunnar, velhos amigos de mamãe. No domingo.

— Ah, infelizmente não vai dar! Viajo amanhã às três para Uppsala! — disse Desirée.

É.

Quando estou sozinho no estábulo, penso com frequência que posso escolher caminhos diferentes e sei que logo precisarei me decidir.

Caminho um: tentar convencer Desirée a deixar tudo para trás e mudar-se para minha casa. Isso nem preciso perguntar, já sei que ela ficaria irritada apenas com a pergunta.

Caminho dois: vender a fazenda, mudar para a cidade e manter o café quente até que ela voltasse de Uppsala. Isso nem precisa *me* perguntar.

Caminho três: encarar a realidade e desistir de uma empreitada impossível. E então arranjar uma mulher que possa passar mais de três horas da semana comigo.

A alternativa quatro, sobre a qual nem quero pensar, seria ficar sozinho. Como Bosse, que as pessoas ainda se referem a ele como "o filho de Nilsson", mesmo ele tendo quarenta e seis anos. Ele mora sozinho com sua mãe na fazenda de seus pais, tem um pouco de gado e trabalha meio período na associação dos agricultores. Ele tem uma enorme antena parabólica, recebe pacotes de remetentes discretos e vive para a caça de aves. Além disso, até onde eu sei, ele não tem nenhum outro interesse. Por qualquer pretexto, ele passa às vezes pela fazenda Rönn e fica umas três horas. E quando Desirée está lá, suspiramos de alívio atrás das cortinas assim que vemos seu carro sair da frente de casa.

Não, eu jamais seria como Bosse. O filho de Söderström de cinquenta e três anos... Eu faço o que posso para me desviar dele. E, aos poucos, o tempo vai passando.

Talvez uma atmosfera feita de meu medo de virar solteirão intimide Desirée. Ela sente minha expectativa, fecha a cara e só quer tirar uma casquinha. A pequena Siri é ainda um mocinha, não tem medo de ficar sozinha com sua vida agitada da cidade.

Quando ela está sozinha comigo na minha cama, o que acontece cada vez menos, é como ter uma pedra no estômago. Pois sua brancura ainda é de dar náuseas, seu corpo é tão quente e ela é ainda tão graciosa como antes. E eu digo a ela: "Você será a culpada se eu morrer antes do tempo! A expectativa de vida de homens não casados não parece tão boa!". E quando ela se dá ao trabalho de, como uma serpente, me dar uma resposta, não percebe que o último ato acabou de começar.

47

Eu não quero arrebentar faixas de chegada,
tomar distância, lançar objetos.
Por que é mais nobre saltar por cima da vara
do que passar por baixo com a cabeça erguida?

CLARO QUE EU A VISITEI TENTANDO FAZER DE CONTA QUE era uma visita de cortesia. Eu levei flores, tulipas caras e um pacote de chá indiano de boa qualidade.

Ela abriu a porta com a corrente de segurança fechada. Quando me viu, ela me fez entrar, mas sem entusiasmo. Ela parecia mais confusa do que hostil, como uma pessoa que está ocupada demais para receber visitas.

— Olá, Inez — eu disse. — Há quanto tempo! Como vai?

— Por quê? — ela perguntou. — Não entendo seu interesse. — sem deixar de ser amigável.

Tive a impressão de que, nesse meio-tempo, Inez achava a vida curta demais para conversa fiada. Por isso decidi espontaneamente não conversar mais do que o necessário.

— Não, um pouco eu tenho sim — disse eu. — Pensei muito em você. Na sua maneira de perceber a vida e em como você deve ser sábia. Eu me alegraria se você compartilhasse algo disso comigo.

— Hum... — ela disse ansiosa.

— Um dia você precisou tomar uma decisão — disse eu. — E eu também terei de tomar uma logo. Seria interessante saber de você, como se deram as suas escolhas. Como foi que você decidiu se dedicar aos seus arquivos e não aos acontecimentos imediatos. Entende?

De repente, as maçãs de seu rosto foram ficando mais vermelhas, ela levantou-se e pôs as tulipas em um vaso de cristal cafona que ela retirou da prateleira mais alta do armário da cozinha. Eu vi como ela teve de subir em uma cadeira na cozinha. Então voltou para a sala e, sentando-se novamente, tirou os óculos e me olhou intrigada.

— O que leva você a acreditar que eu tive alternativas? Claro que eu não tive outra escolha no que se refere aos acontecimentos imediatos. Meus pais eram missionários na Tanzânia e eu fui criada por uma tia solteira, aliás, uma pessoa inacreditavelmente porca e bagunceira! O meu ingresso na faculdade de biblioteconomia foi para mim uma liberdade arrebatadora, quando eu pude organizar tudo como queria. Sistematicamente. Claro que eu poderia ter escolhido outras alternativas. Cursos de desenho em porcelana e viagens em grupo. Só que isso nunca me atraiu nem um pouquinho! Então trabalhei trinta e sete anos na biblioteca, *voilá tout*! E é melhor eu dizer logo a você que não tenho interesse algum em "amigos e pessoas de confiança". Entendeu?

— Se você me expulsar, Inez, vou correndo para casa abrir um arquivo sobre você — disse. Aí ela sorriu um pouco.

Depois disso, conversamos quase por uma hora. Ele fez o chá indiano que eu havia levado, mas do modo como ela preparou poderia ter simplesmente ter feito um chá de saquinho qualquer.

— Eu não quero os seus conselhos — eu disse — apenas outro olhar. Quero olhos de lince como os seus. O que você quis dizer quando me disse que Benny ou é o cara totalmente errado para mim ou a minha única possibilidade?

Ela se levantou, foi ao arquivo, de onde tirou a minha pasta.

— Hum... Eu observei vocês somente em seis ocasiões — disse ela. — E a última foi logo após o Natal, antes de eu decidir parar de observá-la. Eu não preciso lhe dar mais detalhes sobre o porquê de ele ser o cara totalmente errado, isso você já sabe com certeza. A roupa dele... Consciente ou inconscientemente, escolhemos nossa aparência. Mas por outro lado percebi um sentimento entre vocês dois... Seu marido me parecia até simpático, mas você não parava de trabalhar quando ele chegava. Você nunca fez de conta que não o conhecia, nem mesmo no começo do relacionamento. Você nunca se preocupou com isso. Com o outro você era quase grosseira. E depois ele ficou lá com o livro que você lhe deu nas mãos, como se fosse um cachorrinho amável. Sim, mais do que isso não posso dizer, pois eu não lido bem com essas coisas. Mas eu já vi isso antes e sempre passa, ela acrescentou com um sorriso quase malicioso.

— O único possível? — cutuquei.

— Eu disse isso porque você estava diferente. Eu nunca a vi desse jeito. Agora, realmente você tem que me desculpar, mas eu tenho muito o que fazer.

Então me mostrou seu projeto mais novo. Ela tinha começado a coletar panfletos, arquivá-los e a responder a promoções. Ela participava de concursos e arquivava os resultados.

— Mas eu não gosto quando eles me chamam de "Prezada I. M. Lundmark" — disse rigorosa.

Inez sabe quem ela é e eles devem aprender isso de vez. Tudo deve estar em ordem!

48

POR QUE, MERDA, DEVERIA SER TÃO IMPOSSÍVEL? PENSEI um dia, quando deixei passar o controle do cio das vacas, pois estava no telefone, batendo papo com a Siri. Duas pessoas adultas, quase da mesma idade, uma casa, uma cidade por perto, dois trabalhos. Morar juntos, ir todo dia à cidade, reformar a casa... Ter filhos. Passar todas as noites juntos, se ver mais do que três horas por semana.

Eu criei uma imagem tão plástica que ultrapassei com facilidade todas as barreiras que tínhamos encontrado até agora. Agarrei o problema do meu modo e comecei a fazer projetos para a casa.

A casa da fazenda Rönn é grande. Uma cozinha enorme, um pequeno quarto, sala e entrada. Dois quartos para dormir no primeiro andar e um sótão que poderia ser reformado. Poderíamos transformar o pequeno quarto em um escritório... A única coisa que tem dentro do quartinho agora é o tear de mamãe. Fazia um ano que eu não entrava ali, acho. O quarto de dormir para nós, o quarto de mamãe para os filhos... E logo acharíamos em algum lugar um canto para as malditas estantes dos livro dela.

Então calculei se teríamos condições de comprar um carro para ela. Se ela vender o apartamento, não terá mais custos... E não terá tempo para trabalhar o dia inteiro e, quando o primeiro filho chegar, com certeza ela poderá tirar uma licença... Para mim, se ela quiser muito, pode trabalhar meio período. Não há nenhuma creche aqui na vila... Mas Violet talvez possa ser a babá...

Essas eram as minhas ideias, e claro que animaram o último mês antes que o estresse infernal do verão chegasse. Eu estava tão imerso em meus cálculos que até acabei esquecendo completamente a Siri.

E um dia...

Ela estava ocupada com um festival de teatro infantil e veio a contragosto de ônibus até a minha casa, porque eu havia dito que tinha algo importante para discutir. Eu a sentei no sofá, busquei meus documentos, esquemas e cálculos e mandei ver.

Ela não perguntou nada nem disse nada. Somente quando eu cheguei ao tema trabalho, filhos e Violet como babá ouvi um gemido vindo dela. Quando me calei, por um tempo, seu silêncio foi sepulcral.

Então Desirée falou.

Ela me fez lembrar a cadela que eu tive e que fazia estripulias para sair de casa.

Eu precisei de muita força para esquecer o que ela disse. Ela estava imaginando — *visualizando*, dizia ela —: passar o resto do verão com uma cesta de piquenique sozinha ou com possíveis filhos em uma pousada qualquer. Que ela amava o seu trabalho e havia dado duro para ter chegado lá onde estava agora, que não poderia gerenciar a seção de literatura infantil somente em meio período e que o salário de uma bibliotecária que trabalha meio período quase não cobre os custos de um carro — ela seria obrigada a me pedir permissão quando quisesse ir ao cabeleireiro. E que preferiria abortar a ter Violet como babá.

Quando ela chegou nesse ponto, tudo acabou para mim.

Ela continuou sua ladainha de que ficaríamos bem como estávamos agora e que poderíamos esperar para ver — e eu não tinha forças para contrariá-la.

Então ela começou a falar sobre o quanto é importante que o homem também tire licença-paternidade e que queria viajar no verão. Eu nem perguntei se ela já tinha ouvido falar de um fazendeiro com vacas leiteiras que tirasse licença-paternidade e férias de verão. Eu apenas fiquei sentado ali, balançando a cabeça.

Ela ligou no dia seguinte e disse que tinha sido um pouco rude e que isso tinha a ver com a sua tensão pré-menstrual. Mas ela vai vir para cá e trazer algo gostoso para comer, sábado à noite.

Foi a primeira vez que ela fez algo assim. Pequena Siri, ela nem entendeu que acabou. E eu, eu estou preparado para tudo.

49

Eu deveria ter puxado o anzol com cuidado,
e ter pegado o passaguá
escamado e tirado as espinhas
e então saboreá-lo com prazer
— mas ele escorreu dos meus dedos –
esse amor maldito.

A SITUAÇÃO ESTÁ CRÍTICA, DIZ-SE ENTRE OS MILITARES. Quer dizer, manter o dedo no gatilho, pois em algum lugar lá fora espreita o inimigo.

No relacionamento entre mim e Benny, faz agora algumas semanas que prevalece uma situação crítica. O problema era apenas avistar o inimigo.

Algo havia acontecido e isso cheirava ao começo do fim — quando exatamente havia acontecido?

Pode-se afirmar naturalmente que foi em nosso primeiro encontro.

De resto, eu provavelmente diria que ocorreu na noite em que Benny me mostrou seu esquema sobre como poderíamos reformar a casa e seus cálculos para o caso de eu vender o apartamento, meu e de Örjan, e pedir demissão do trabalho. Ou pelo menos reduzi-lo para meio período.

Tive a impressão de que sufocava, um ataque de asma psíquico. Pois agora ele me enfrentava com a realidade, exatamente essa realidade da qual eu sempre tentava me desviar. Obviamente tinha pensado sobre nós — mas tratava-se de nossos "sentimentos" e das nossas diferenças. Se os "sentimentos" aguentariam, caso os trabalhássemos. Pois se não conseguíssemos, as condições de moradia não seriam nada interessantes.

Pelo visto tive sorte de alguma maneira ao me convencer de que ele reconheceria que a produção de leite seria custosa demais a longo prazo. Naturalmente, ele acharia um trabalho em qualquer firma de máquinas agrícolas, devido a seus conhecimentos sobre motores. Então precisaríamos comprar algo que fosse mais perto da cidade. Se ele quisesse tanto assim ficar com a propriedade da família, poderia arrendar a fazenda por enquanto. De algum modo, eu sabia que tudo era otimista demais — depois de seu surto de raiva no outono, quando eu descobri o seu boletim, pressenti que não seria tão fácil. Mas, como eu disse, mantive, com êxito, essa pergunta longe de mim. E aí ele veio e me colocou no colo, abanando o rabo.

Quando ele sugeriu Violet como possível babá, todas as barragens cederam.

Aí eu contei a ele como eu via tudo isso, sem considerar os prejuízos. Eu estava consciente de que isso foi uma operação militar, mas tratava-se de tornar tudo *claro*, de uma vez por todas. Para isso, eu não queria destruir todas as pontes. Eu escolhi palavras gentis e falei que deveríamos esperar o tempo passar e primeiramente aprofundar a nossa relação, que deveríamos definir as nossas necessidades e estabelecer as nossas prioridades para nos adaptarmos um ao outro. Provavelmente, soei como uma terapeuta familiar deformada pela profissão. Eu queria tornar atraente a ele outra maneira de pensar. Será que ele não tinha vontade, por exemplo, de viajar e conhecer o mundo comigo? Pois até agora ele nunca teve oportunidade. Ou conviver com seu filho, tirar licença-paternidade e ao mesmo tempo me dar a possibilidade de continuar com as minhas coisas.

O que eu dizia parecia tocar o seu coração, pois ele ficou o tempo todo lá sentado, fazendo "sim" com a cabeça, pensativo.

Disso tudo, poderíamos partir do pressuposto de que começaríamos logo com a tal adaptação. Em vez disso, foi exatamente o contrário. Enterramo-nos em nossas respectivas vidas e não arredamos pé de nossas convicções.

Quase se tornou uma modalidade esportiva. Benny fez de tudo para se comportar como um fazendeiro simples, com exceção das cuspidas e das brigas de faca. E eu me tornei uma mulher ambiciosa com interesse em arte e alta cultura. Os três "As". E poderíamos acrescentar um quarto para "ardentemente".

Não tentamos construir nenhuma ponte sobre o abismo. Na verdade, tentamos nos empurrar mutuamente. Possivelmente, esperávamos por um milagre. Eu esperava que ele admitisse ter uma alma, ele, provavelmente, esperava que eu, da noite para o dia, acordasse com um avental. E lutávamos valentes, pois a força de atração era ainda tão grande entre nós que tínhamos a impressão de que, a qualquer momento, poderíamos cair dentro de um buraco negro. Evidentemente, o outro lado da moeda mostrava que brigávamos ainda mais amargamente do que eu jamais havia feito durante toda a minha vida.

Então paramos de fazer amor. Tudo se tornou cansativo demais. Isso tudo só machucava ainda mais nossos corações.

E então não restou muito. Pois, na situação que dominava agora, não podíamos simplesmente sentar ali e nos dar bem, já que passávamos o tempo todo fortificando as nossas barricadas.

E, de fato, tudo terminou ali onde tudo havia começado, no cemitério. Um dia fomos juntos para lá e cuidamos de nossos túmulos vizinhos.

De repente Benny disse:

— Você acha que um dia eu e você nos deitaremos juntos sob a mesma lápide? — Ele olhou pensativo para a lápide de Örjan.

Olhei para sua lápide e me arrepiei.

— Sob qual lápide? Essa é a pergunta — eu disse.

— Porque a minha resposta é "não"— disse Benny.

Levou um tempo até que eu entendesse. Ele não acreditava mais em nós. Nem agora, nem mais tarde.

Em algum lugar começou a doer bem forte.

Eu peguei nosso analgésico de costume, levando a conversa para o ridículo.

— Aconteça o que acontecer, eu sempre vou me lembrar de você como o cara do túmulo ao lado — eu disse. — Sabe, como esses "romances" em revistas femininas. O jovem da casa ao lado. Aquele cara verdadeiramente gentil, com quem a heroína cresceu. Somente quando um cara atraente da cidade a abandona ela percebe quão gentil é o jovem da casa vizinha. Então vai para a casa e se junta ao homem ao lado, que esperava fielmente por ela. Aconteça o que acontecer, em algum momento, quando o tempo chegar, quero correr de volta aos braços do cara do túmulo. Para você, Benny. Então poderemos brincar de pega-varetas com os nossos ossos, até que ninguém mais saiba quem é quem. Você vai esperar fielmente por mim?

Benny ficou em silêncio por um momento.

— Só se não der para evitar — disse ele. — E o que fazemos com as esposas e esposos que acumularmos ao longo da vida?

— Isso pouco importa. Pois eu e você pertencemos um ao outro, mesmo se nada nesta vida acontecer.

— Caso, em algum momento, uma mulher decidir me levar a sério, não vou abandoná-la — disse ele. — Ela estará presente.

Ficamos, por muito tempo, sentados ali em silêncio.

— Talvez seja melhor mesmo não nos vermos mais — disse Benny.

Nesse momento, eu me senti simplesmente agradecida por ele ter tomado uma decisão por nós dois. Mas para mim não estava claro que, de algum modo, seria definitivo. Por isso concordei.

Ele se levantou e pegou a minha mão. Ficamos entre nossas lápides. Abraçamo-nos e ficamos ali, em silêncio, por um longo tempo. Talvez uma meia hora.

— Deixe-me combinar um ponto de encontro para nós — disse eu, por fim. — Aqui neste mesmo lugar, daqui a cinquenta anos.

— A gente se vê — disse ele triste. E então se foi.

Eu fiquei ainda algum tempo e só então tomei o caminho de casa.

50

EU NUNCA SABEREI AO CERTO SE DESIRÉE REALMENTE LEVOU a sério o que se passou lá no cemitério. E, se sim, como ela lidou com isso. Eu acho que ela poderia ainda continuar por um bom tempo assim — dar o máximo de si, a semana inteira, no trabalho, e então descansar algumas horas no campo. Tendo em vista que eu sempre fui o idiota que ficava ali com o gorro na mão, mendigando a ela que continuássemos, era esperado que justamente eu pusesse um ponto final. Em todo caso, acho que fui eu. Eu não podia mais levar minha vida assim a esse custo. Mas isso quase me afundou.

Assim que cheguei em casa do cemitério, tirei minhas botinas, fui até o quarto e remexi os blocos de anotações na escrivaninha. Então dei uma volta na fazenda. Eu pisava duro como um inspetor de obras e anotava tudo o que precisava ser feito. Estive o tempo todo com o meu *walkman*, ouvindo rádio no último volume, era exatamente o mesmo que tomar uma anestesia sem efeitos colaterais. Sem contar o trabalho de sempre, eu me ocupava com três coisas por dia. E eram coisas como cimentar uma nova base para o esterco e construir uma nova casinha para a bomba...

E eu as fiz. Com os dentes cerrados, anestesiei-me para o trabalho, tanto trabalho que eu não tive mais tempo para ler o jornal. Eu pouco sabia qual era o dia da semana. Todo dia de manhã, às seis, eu saía de casa e aí ficava ocupado até as dez da noite. Caía totalmente morto de cansaço e quase sempre não conseguia nem chegar lá no quarto de dormir. Havia dias em que não conseguia nem me lembrar se havia comido ou não.

Eu levei essa vida até mais ou menos a primavera. Se as vacas fizessem o mínimo barulho, era normal que eu as calasse com um belo pontapé com minhas botinas de bico de ferro. Uma vaca ficou tão nervosa que eu precisei pôr o entrave contra coices. Acho que as malditas poderiam ser mais agradecidas.

Eu nunca mais caí na apatia que senti quando conheci a Siri. Mas acho que havia uma ligação mental entre nós. Eu desisti do mais emocionante em minha vida por isso aqui. Assim eu acabei obrigado a investir em todo o resto. Tudo o que eu tinha.

Então chegou um tempo em que acreditei que precisava sair aos sábados à noite. Era como uma tarefa de trabalho — sair e pesquisar o que o mercado estava oferecendo, como em uma feira de máquinas agrícolas. Deixei que um barbeiro fizesse o melhor com o meu cabelo de linho ripado, enfiei-me dentro de uma camisa limpa, uma calça *jeans* e uma velha jaqueta de couro. Então comecei a frequentar bares e a paquerar as mulheres. Como eu não estava nem aí para o que elas pensassem de mim, me dei muito melhor do que no tempo de cavalheiro de tango. Fui até mesmo com uma delas para casa, mas nunca mais do que uma vez. Não que eu tivesse me consolado de qualquer maneira, eu sequer consigo me lembrar dos seus rostos. Mas, falando sério, não posso afirmar que esse fato me deixava deprimido. Sempre há mulheres em algum lugar.

Então a primavera foi se aproximando aos poucos. Nesse tempo, eu trabalhava dezoito horas por dia e, quando em uma manhã caí desmaiado no quartinho da calefação, ficou claro para mim que alguma coisa precisava ser feita. Eu havia emagrecido sete quilos e tive uma gastrite. E pelo menos para dar um jeito, liguei para Anita, que veio uma noite me visitar. Quando ela me viu, colocou as mãos na boca.

— Eu não quero conversar — eu disse. — Trouxe os remédios?

Ela tirou férias uma semana depois.

— Eles ficarão felizes no hospital se eu tirar férias agora e não no verão — disse. Então ela instalou-se no quarto de mamãe. Ela preparava peixe cozido e sopas nutritivas e fazia massagens nas minhas costas quando eu ficava sentado até onze da noite arando com o trator. Ela enchia a geladeira e o *freezer*, lavava e limpava, pendurava as cortinas da cozinha e me acompanhava no estábulo quando problemas com a ordenha se acumulavam. À noite, ela ficava sentada tricotando, enquanto eu lia *O País* e, pelo menos no começo, não trocávamos muitas palavras.

Foi como tomar duas aspirinas quando a cabeça está explodindo de dor. Aos poucos as dores voltam até que sobra somente uma pontada fraquinha em algum lugar atrás da cabeça, com a qual nos acostumamos.

Na terceira semana, comecei a conversar. Ela não falava muito, apenas fazia "sim" com a cabeça sem tirar os olhos do tricô. Foi agradável. Se ela tivesse começado a dar qualquer opinião sobre a Siri, eu viria abaixo.

Na quarta semana, ela se mudou para o meu quarto. Não houve nenhuma orquestra, foi mais como uma sauna, depois que nos sentimos arrebentados e imundos. Belo e natural, mas nada que nos deixasse desnorteados.

Eu não liguei para Desirée uma única vez sequer e não ia mais ao cemitério. Meus pais entenderiam.

Algumas vezes, logo depois de nossa separação, o telefone tocou à noite. Eu sabia quem era, mas não atendi. Pois assim eu ficaria fraco de novo.

51

Tenho de trabalhar através dos minutos,
Um depois do outro,
engoli-los como pílulas amargas,
tentar não pensar
quantos ainda restam.

CADA UM CRIA SEU PRÓPRIO INFERNO, QUE CONSISTE naquilo que mais odiamos. Para os povos do Mediterrâneo, o inferno é o fogo eterno, para os habitantes dos países mais ao Norte, o inferno é um reino de gelo e silêncio.

Eu criei o meu próprio inferno, no qual todos os erros que cometi e todas as chances que eu perdi passavam diante de mim, como em um filme.

Uma semana depois que eu e Benny nos despedimos no cemitério, soube que ele falava sério. Só naquele momento. Uma noite liguei para ele a fim de, de algum modo, reatarmos. Ele não atendeu e então eu percebi que me evitava.

Aí começou o filme. Em primeiro lugar, veio tudo o que ele tinha me dito no dia em que mostrou os planos para a casa. Quanto mais frequentemente isso passava diante de mim, mais achava que eu me parecia com o Pato Donald — um Pato Donald nojento e chauvinista que grasnava e sabia tudo. Quando eu falei que "nós" deveríamos abrir mão de algumas coisas e nos adaptar, na verdade eu queria dizer que ele deveria se adaptar. Quando eu pensava em propostas para uma boa solução, a premissa era que ele tinha que desistir de alguma coisa — caso realmente eu tenha pensado. Sempre com a certeza de que eu era a desejada, aquela que tomou decisões. Há apenas algumas semanas, quebrei a cabeça pensando que eu não sabia o que queria ou sobre o que eu possivelmente poderia abrir mão. Nada, provavelmente.

É verdade que Inez tinha me alertado: "*Você* estava diferente do normal, nunca tinha visto você assim". Ali havia um sentimento único e ela o tinha visto, mas eu não. E esse sentimento me pegou pelo pescoço com toda a força e me levou em duas semanas a receber um atestado médico.

Meu primeiro atestado médico desde a escola. Eu comprei iogurte, pão e ovos e voltei para casa cambaleando. Não saí, tirei o telefone do gancho e o coloquei de volta muitas vezes por dia. Deixei meu filme rodar.

Essas semanas ficaram na minha memória mais como o vai e vem de um pêndulo.

Em um momento, eu estava puta com Benny — ele também não tinha merda de intenção nenhuma de abrir mão da menor coisa na sua vida. Eu deveria morar com ele, deixar o meu trabalho quase por completo, me adaptar tanto que permitisse que Violet educasse meu filho. Não consigo pensar em nada do que ele tivesse desistido — a única coisa em que ele cedeu foi provavelmente a reforma do quarto de dormir. E ele nem me perguntou antes o que eu achava daquilo. Egoísta. Teimoso. Exigente.

À noite, eu ligava para xingá-lo. Ele nunca atendia. Esse idiota!

Em outro momento, eu rastejava até o espelho para observar o meu rosto inchado de tanto chorar. Pessoas como eu não ficam mais belas depois de chorar: vermelha, inchada e com cílios brancos. Eu estava terrivelmente feia — ninguém nunca veria em mim o que Benny tinha visto. E o que ele me mostrou. Ele me fez bonita e agora o encanto se acabou.

Nessa noite, liguei para ele a fim de chorar ao telefone e pedir misericórdia. Antes que soubesse se ele atendeu ou não, desliguei — eu já estava sendo pior do que Sten, fungando e resmungando!

Então não liguei mais. Mas eu continuei com o vai e vem do pêndulo. Às vezes eu montava uma sequência de imagens nas quais ele estava sentado com seu gorro de lenhador, fazendo aquele barulho quando toma sopa e soltando suas frases reacionárias com aquele dialeto. E então eu imaginei uma sequência dele contra a luz, rindo sentado na escada da fazenda Rönn, cabelo de *troll* bagunçado e um gato que ele acariciava no colo. Seus braços musculosos juntando montanhas de feno com um rastelo. E aí eu chorava de novo e escrevia sem interrupção no meu caderninho azul. Dependendo da fase em que me encontrava, tirava o telefone do gancho ou o colocava. E esperava pelo toque, sabendo que jamais viria.

Eu me lembro também de ter a impressão de que em uma única hora havia uma infinidade de minutos e que cada minuto levava uma eternidade para passar. Eu olhava constantemente para o relógio. E quase não conseguia engolir meu iogurte. Uma vez prendi a respiração e engoli três ovos crus, um depois do outro, porque imaginei que estivesse desnutrida. Fora isso, me alimentava de caldos.

Isso havia sido pior, muito pior do que tudo o que eu já tinha vivido, pior do que a morte de Örjan. Eu nem conseguia me envergonhar disso. Örjan sumiu por completo da minha memória.

Marta poderia ter ajudado nas primeiras semanas. Mas ela estava em uma casa de repouso em Småland. E o que havia acontecido com ela, isso foi, apesar de tudo, ainda muito mais terrível, se é que se pode pensar em níveis diferentes no inferno.

E aí eu também chorava por causa de Marta.

Depois de duas semanas me arrastei de novo até o trabalho. Meus colegas acreditavam que eu tivesse pegado uma gripe forte. Somente Olof tinha visto meu atestado médico. Ele disse que, se eu quisesse, poderia vir falar com ele tranquilamente. E eu sabia que poderia fazer isso nesse meio-tempo. Mas eu não fiz.

Eu me enfiei no trabalho. Isso funcionou muito bem. Na verdade, só me sentia perto do normal quando me ocupava completamente.

Mal eu ia para casa ou almoçava sozinha, tinha a sensação de que todo o meu rosto trincava. Como se ele consistisse de pecinhas de Lego e que a cada momento o encaixe de cada peça pudesse se quebrar. E evidentemente não podia dormir à noite. Eu me deitava na cama e ruminava todas essas coisas que nunca aconteceram. A cada noite, coisas novas. E era sempre mais e mais.

52

QUANDO ESTIVE RECENTEMENTE NA CIDADE, VI DESIRÉE de novo, pela primeira vez desde que terminamos. Nesse meio-tempo, foi ficando quente e ela estava sentada com um cara magro e grisalho em um desses restaurantes de rua. Eles estavam juntinhos e pareciam bastante envolvidos na conversa. Sobre a mesa estava uma pilha de livros. Eu passei tão perto que pude ver que o livro que estava por cima da pilha era em inglês. Claro. Desirée usava batom e vestia uma nova jaqueta refinada azul-real. Os cabelos estavam mais compridos do que antes e um pouco enrolados. O cara grisalho ria.

Eu adoraria ter arrebentado a cara dele. Ele parecia um desses fracotes que não aguentam muito. Se Desirée tivesse dado-lhe um dos seus sorrisos de férias de verão, provavelmente eu teria pulado a grade que separa as mesas da rua e me jogado entre eles. Mas ela não fez isso.

Da próxima vez, vou pedir a Anita que vá à cidade. Aos poucos ela já consegue fazer as minhas compras tão bem quanto eu.

Quando as férias de Anita acabaram, ela trabalhou por meio período sem ter me perguntado. Nós continuamos como antes e eu a ensinei a dirigir o trator para que ela pudesse encher o silo enquanto eu trouxesse o ensilado. Começamos a fazer passeios de bicicleta com cestos de piquenique, e toda sexta-feira à noite ela alugava um (um!) filme e comprava vinho.

O primeiro filme que ela trouxe foi, aliás, *Loucademia de polícia*.

Assim que eu ficava sozinho, voltava a ligar o meu *walkman* no volume máximo. E na minha imaginação comecei a ver uma nova Desirée, com maquiagem, belos vestidos e muitos caras diferentes que viajaram o mundo e liam livros em inglês. Pois é, ela teve bem o que queria!

Mas isso eu também tive.

Eu me perguntava se ela ainda pensava em mim. E o que ela queria quando, no começo, me ligava à noite. Insultar-me por qualquer coisa, provavelmente.

Eu gostaria de ter sentado ali à sua frente, rindo e dizendo a ela que bonita ela ficava de batom e com essa nova jaqueta. Só para vê-la sorrir.

Mas eu mesmo tomei a decisão e agora parece que consegui as duas coisas: fazenda e família.

Com Anita. Vai acabar nisso e, realmente, não é nada ruim.

Na verdade, eu não acreditava direito no lance com a Siri. Sobre esse sentimento forte que ela despertou em mim e que ainda desperta há qualquer coisa de ameaçador — querer quebrar os dentes de um cara completamente desconhecido! Além disso, eu não tinha muita confiança nesse "casamento por amor", que sempre começa com alguém sendo sugado por um decote enquanto dança. Quando o decote tem a idade certa e o estado civil correto, então damos continuidade aos rituais de acasalamento: cinema, jantar com a família, procurar móveis e férias na ilha Rhodos, então reservamos uma data na igreja que frequentamos e assim vai por esse caminho afora até o momento de contratar um terapeuta de família.

Antigamente, com certeza também era bom quando os pais escolhiam a mulher. Assim sabíamos que a mulher que receberíamos combinava mais ou menos conosco. E então não restava nada além de nos acostumar com ela, pois não conseguiríamos outra. Mamãe poderia ter escolhido Anita para mim.

E acho que Anita e eu temos a impressão de que o romantismo entre a gente já passou do prazo de validade. Nós dois precisamos de alguém e podemos privar o mundo do espetáculo ridículo de uma velha solteirona e de um solteirão de meia-idade.

— Olha só, isso já é outra coisa, hein! — disse Violet quando viu Anita pela primeira vez. Bengt-Göran já a conhecia de antes.

Eu saí e soquei o batente da porta. Mas depois voltei.

Anita não é nem boba, nem sem graça, mesmo quando não me faz sorrir como a Siri. Eu sempre gostei de Anita e me sentia bem junto a ela. Mas eu não posso me apaixonar de repente por ela, como também não posso de repente cantarolar árias de ópera. De alguma maneira, não tenho isso dentro de mim.

Ela nunca me perguntaria se eu a "amo".

As pessoas amam gatos, sorvetes de morango, cacharréis e Ibiza — e então, de repente, devem "amar" uma única pessoa, até parar para começar a "amar" outra pessoa. Para mim, isso dava quase no mesmo do que ter um amor de verão...

É como esta antiga brincadeira com a cegonha: eu não acredito na cegonha, embora eu mesmo já a tenha visto.

Eu não acredito no amor, embora eu já o tenha vivido.

Poderia dizer.

Quando eu não consigo dormir, penso comigo que a razão disso é que nunca dei uma chance verdadeira ao amor. De alguma maneira, nunca pensei que eu deveria colocá-lo acima de tudo.

E às vezes penso que ainda não estou em terra firme, supondo que um dia eu vá aterrissar lá.

Quando meus pensamentos voam até essa coisa de constituir uma família, eu não consigo deixar de imaginar a Siri grávida, com um filho meu como uma bola diante daquele corpo magro e branquelo. Fazer-lhe um filho. Justamente o que ela tanto desejava.

Eu posso entender as pessoas que têm uma espécie de curto-circuito e esquecem todas as suas lembranças quando acreditam ter encontrado extraterrestres. Isso não cabe na concepção de mundo delas, por assim dizer, assim, elas são obrigadas a reconstruí-la. E eu juro que vou esquecer a Siri tão intensamente que no fim não encontrarei nem mesmo o caminho para a biblioteca.

53

Remendar bolhas de sabão arrebentadas
e fazer bonecas sorrirem,
pode levar algum tempo.

SONHEI QUE ESTAVA NA LIQUIDAÇÃO DE UMA SAPATARIA. Sobre uma mesa no meio de uma montanha de calçados, descobri o pé direito de um sapato de camurça azul muito bonito, com correias, e o calcei. Na realidade, minhas pernas são brancas e finas como tacos de beisebol, mas no sonho eu vi que minha perna direita ficou bronzeada e cheia de curvas com esse sapato, e eu tinha agora os pés de uma bailarina. Então comecei a procurar pelo pé esquerdo do sapato azul. Quando eu finalmente o encontrei, descobri que ele era muito pequeno, talvez coubesse em uma menina de cinco anos. "Acontece", disse indiferente uma vendedora. "Compre-o ou deixe-o, é o nosso único par de sapatos." Mas como eu poderia calçar um par diferente do outro? Amputar metade do pé? Abandonei triste a loja e acordei.

Quando meus pensamentos iam em direção a Benny, eu me obrigava a pensar nesse sonho. A metade do pé.

Mudar a minha aparência foi parte da minha reabilitação. Comecei passando um pouco de rímel para disfarçar os olhos inchados e um pouco de pó para esconder as olheiras. Aí veio o batom e eu percebi como eu me sentia bem, tornando-me mais visível aos olhos masculinos. Toda vez que alguém lançava um olhar para mim, era como uma pequena vingança contra Benny: viu, ainda há homens que me querem! Então comprei algumas roupas bonitas de cores fortes. Em primeiro lugar, para me convencer de que eu ainda estava viva. Deu até bem certo.

Em maio, a biblioteca me mandou para um curso de duas semanas em Lund. De lá fiz uma viagem a Copenhague e visitei a Gliptoteca com sua coleção de arte antiga. Na entrada do saguão, encontra-se a estátua de Níobe com todos os seus filhos engatinhando à sua volta. Eu a fotografei de todos os ângulos. Então passei algumas horas na sala de bustos dos césares romanos. Cerca de duzentos a trezentos anos depois de Cristo, eles se tornaram tão realistas e nítidos como fotos, e poderíamos acompanhar assim a aparência de uma pessoa da infância até a velhice.

Como serei daqui a cinquenta anos? E Benny?

Eu jurei para mim mesma visitá-lo com oitenta anos de idade. Isso ele não poderia levar a mal.

Aí me inscrevi em um curso de férias de pintura em aquarela na costa oeste da Irlanda. Sentávamo-nos o dia inteiro ali, rodeados pelo grito das gaivotas e tentávamos captar os reflexos do sol sobre a água, por baixo das paredes rochosas. Um casal de irmãos norte-americanos me convidou para passar o Natal com eles. Um deles era professor universitário e era agradável ficar em silêncio com ele.

Em um pequeno *pub* empoeirado, vi uma velha geladeira do tipo da que Benny tinha em sua cozinha. Ou era TV? Pois talvez tudo tenha mudado nesse meio-tempo.

Uma vez, uma única vez, aluguei um carro e atravessei a vila onde fica a fazenda de Benny. Eu me fiz acreditar que estava indo para a vila vizinha, onde eu queria colher framboesas em um grande terreno descampado. No caminho, vi Benny e uma mulher bronzeada de cabelos escuros. Eles pedalavam na minha direção com um cesto no guidom da bicicleta, mas claro que não me viram. Benny parecia estar explicando algo e apontava para os campos. Ele estava bronzeado e magro e tinha um novo corte de cabelo. Parecia feliz.

Ela, aliás, parecia bastante sem graça. Com certeza se dá bem com Violet, pensei. E aí comecei a me perguntar se ele transava com ela como fazia comigo, aí a situação ficou simplesmente insuportável. Mal cheguei em casa, decidi nunca mais ir até lá.

Aos poucos, Marta foi voltando a ser como era antes — de aparência. Mas ela lembrava um brinquedo da minha infância, um patinho amarelo de metal que andava de lá para cá com suas patas chatas, fazendo quá-quá-quá, quando davam corda nele. Um dia eu dei corda demais e algo dentro dele se quebrou. Eu simplesmente não entendi que ele não andava mais, porque de fora parecia exatamente como antes.

Algo dentro de Marta também estava quebrado.

Mas a diferença entre homens e patinhos de metal é que nós voltamos a funcionar com o tempo. Marta encontrou um homem sentado em uma cadeira de rodas. Ele tinha colostomia, se irritava fácil e seu humor era de lua. "Pois é", dizia Marta. "Mas neste caso, pelo menos, eu sei onde ele está a todo momento!" A vida dele tornou-se mais aventureira depois do encontro com ela. Ela insistia em dizer que cadeirantes podem fazer as mesmas coisas que nós. Em um passeio nas montanhas, ela o soltou sem querer em uma encosta íngreme. A cadeira tombou e ele gritou com ela, mas ela se ergueu, sacudiu a poeira e o arrastou para a próxima montanha.

Em setembro, recomeçaram as tardes de contos de fada. Um menininho loiro com olhos castanhos, que geralmente estava na primeira fila, intrometeu-se nos contos e deu sugestões de diferentes tipos para melhorar a história. Seu pai sentava-se do outro lado da sala e olhava orgulhoso e, ao mesmo tempo, parecia um pouco constrangido. Depois do evento, eles ficaram e conversaram comigo, então fomos juntos para o café. O pai se chama Anders e é solteiro. Começamos a nos encontrar com frequência, passeávamos, íamos ao museu e cozinhávamos um para o outro. Anders é historiador e fala do passado de uma maneira tão simples e desrespeitosa que, às vezes, não sei o que pensar disso, mas ele me faz rir quase sempre.

Eu esperava me apaixonar por ele.

Um dia, quando nós três fomos passear no parque, seu pequeno filho Daniel disse com os lábios trêmulos:

— Eu sinto tanta pena das águias!

— Por quê? — perguntou Anders.

— Porque elas não cabem dentro das caixas-ninho.

Então eu soube que foi por Daniel que eu me apaixonei.

Em outubro, aconteceu um pequeno milagre. Encontrei em uma vitrine um par daqueles belos sapatos azuis de camurça com correias. E eu os reconheci. Imediatamente entrei na loja e os comprei. Com os sapatos novos nos pés, corri direto para casa e dei um telefonema.

54

Pensei que entendia de milagres.
Era essa a minha profissão. Semear e colher a vida.
Mas nunca se sabe onde os milagres se escondem.
Eles chegam de fininho e nos pegam pelo pescoço.

ANITA QUERIA FICAR NOIVA.

— Isso não é possível, eu quase não tenho mais o anelar da mão esquerda — disse. Mas então eu aceitei. Era justo, ela merecia.

Uma noite em outubro a Siri me ligou. Eu tinha acabado de voltar do estábulo e Anita estava no fogão, fritando bacon na frigideira. O som do rádio vibrava na cozinha. Eu troquei de telefone, para atender na outra linha, lá em cima, no quarto de dormir.

— Pois não?

— Você pode vir para cá? Imediatamente? Não aconteceu nada dramático ou qualquer coisa assim, mas eu preciso conversar com você.

— Agora? Hoje não é um bom dia para isso. Amanhã? — Eu tentava parecer impassível, mas é claro que não estava. Comovido?

Ela fez um silêncio por algum tempo.

— Não — disse ela. — Hoje à noite ou nunca mais. Mas eu não ficarei zangada com você caso não possa vir. Tudo bem, sem problema.

— Em meia hora estou aí — disse.

Anita não perguntou por que eu precisava ir à cidade assim de repente. Mas com certeza ela estranhou. Normalmente, conto a ela para onde vou.

No caminho, não pensava em nada. Eu apenas tamborilava o volante com os dedos e tentava esfriar a cabeça.

Com o rosto completamente neutro, ela me convidou a entrar no apartamento e me pediu para sentar em uma de suas desconfortáveis poltronas brancas de metal tubular. Ela estava como sempre, mas de alguma maneira diferente. Para quem ela começou a se maquiar? Como sempre ela vestia roupas de cores pálidas, calça *jeans* e um moletom — mas, estranhamente, um par de sapatos azuis com correias muito elegantes.

Ela sentou-se na minha frente e parecia uma criança fazendo a contagem regressiva antes de pular na água fria: três, dois, um...

Por um tempo, fez um silêncio. Então, ao mesmo tempo, começamos a falar.

Rimos um pouco constrangidos. Ela me olhava e eu acho que quase nunca me olhou tão amorosamente. Não consegui me lembrar se alguma vez ela havia me olhado assim.

— Eu não pude esperar cinquenta anos, apesar de ter sido essa a minha intenção — disse. — Você não precisa se preocupar. Não quero atrapalhar a sua vida. Existe apenas uma coisa que queria pedir a você, mas não sei por onde devo começar.

— Você pode tentar fazendo uma piada. Sempre fazia isso quando eu tentava falar com você a sério — disse eu, ouvindo como isso soava amargurado. Esse comentário foi, na verdade, bastante supérfluo. Afinal, eu mesmo agia assim. Eu precisava atenuar a situação.

— O que você tem lido de bom nos últimos tempos? — perguntei eu. Essa era a palavra-chave com a qual sempre íamos em frente. Provavelmente, ela responderia "Schopenhauer" e eu, *Histórias natalinas do Batman*. E então faríamos uma comparação. "A concepção de mundo de Schopenhauer é muito estruturada." "É, mas Batman veste uma cueca mais *sexy*..." Isso era o que nos salvava muitas vezes quando pisávamos em terreno perigoso. E, às vezes, conseguíamos dizer coisas sérias por meio de nossas palhaçadas.

— Recentemente, li sobre um experimento científico francês — ela disse. — Vestiram um monte de homens com novas regatas brancas e os deixaram dormindo e suando com elas. Por fim, um grupo de mulheres deveria cheirar as camisetas e procurar o cara que lhes parecia o mais interessante. Descobriram que todas escolheram o homem que tinha os anticorpos que mais combinavam com os anticorpos delas. Fazendo com que elas tivessem filhos saudáveis.

— Então não foi a minha propriedade, e sim os meus anticorpos que te atraíram?

— Quem sabe.

Ela ficou sentada em silêncio por um momento e parecia como se estivesse contando novamente: Preparar, apontar, fogo!

— É isso que eu quero. Quis isso o tempo todo e não sei dizer o porquê. Quer dizer, quero um filho com você. Não! Deixe-me terminar! Eu não estou querendo começar tudo de novo. Eu quero apenas calar esse maldito relógio biológico, senão não vou sossegar. Quero que os inúmeros óvulos dentro de mim tenham uma chance, apenas uma única chance. E você nem vai notar.

— Você está pensando em me dar uma surra até eu desmaiar e então abusar de mim? — perguntei. Eu tenho de admitir que a olhava de queixo caído.

— Vou te pedir para dormir comigo mais uma única vez — ela disse me olhando seriamente. — Agora, já que estão dando cambalhotas. Tem de ser você, você e nenhum outro. Pelo visto, eles pulam apenas por você.

Eu vi minha vida passar como um filme, como dizem.

— E então você nunca mais ouvirá uma palavra sequer sobre o assunto. A não ser que queira. E se nada der certo — o que é bastante provável —, então, pelo menos, tentamos e eu posso parar de pensar sobre isso. E poderemos ser felizes de verdade, cada um por si — ela olhava para o meu anel.

Eu não disse nada.

— De qualquer forma, conseguiria os malditos superanticorpos — resmungou ela. — Não, desculpe! Eu nunca falei tão sério como agora. Eu pensei que poderia registrá-lo como "pai desconhecido". Não diga nada agora! Ainda não pensei muito bem em tudo. E claro que ainda há outras coisas que devem ser consideradas, eu sei, eu sei! E por isso você tem exatamente uma hora para pensar. Vou te deixar sozinho para isso.

Ela levantou-se, pegou sua bolsa de pano e foi até a porta.

— Se você não estiver aqui quando eu voltar, saberei o que você decidiu. Fiz pelo menos o que pude e eles precisarão começar a pular para outro... Em todo caso, lembrarei de você como o meu melhor companheiro de aventuras. Mas não vou pensar muito em você.

Ela saiu pela porta antes que eu pudesse falar qualquer coisa.

Provavelmente eu me parecia com uma pobre vaca depois que o açougueiro usou seu revólver de pressão para sacrificá-la.

Olhei à minha volta. O pôster com a concha não estava mais lá. Em vez dele havia uma aquarela com rochas e o mar, e uma foto ampliada de alguma coisa como uma estátua, uma mulher gorda com um monte de filhos que engatinhavam em volta dela.

Se eu aceitasse sua proposta maluca, eu faria com Anita o mesmo que aquele Robertinho fez com Marta. Isso era um absurdo.

Eu fiquei sentado ali durante cinquenta e nove minutos, roendo os nós vazios da minha mão. Então desliguei o cérebro e pus no piloto automático.

Ela jogou a sua bolsa no chão do corredor e entrou como um furacão. De início, ela não me viu porque tinha escurecido e eu não tinha ligado a luz. Ela acendeu a lâmpada e me olhou. E aí começou a chorar tanto que o rímel borrou e escorreu pelo seu rosto.

— Não, não — disse. — Não vá pensando que você pode decidir tudo sozinha! Também tenho as minhas exigências. Primeiro: Nada disso de "pai desconhecido". Eu nunca me mandaria para deixar tudo mais fácil para você! Você faria do meu filho um desses professores de latim, branquelo e sem vida!

Segundo: Quero tentar três vezes, isso sempre funciona nos contos de fada. Eu venho para cá mais duas vezes, amanhã e depois de amanhã. E nesse meio-tempo, você não vai ficar com ninguém, e claro que eu também não. Depois da terceira vez, vou para minha casa e você fica aqui. Não ouviremos nada um do outro até que você me ligue. Então, ou você vai estar nos seus dias, ou vai ter um resultado do teste de gravidez.

— Mesmo assim, a probabilidade é apenas de um para cinco — ela soluçava.

— Eu bem sei como pode ser difícil inseminar uma bezerra — eu disse. Precisei fazer um esforço danado para poder usar a minha voz, eu não conseguia controlá-la. — Você, pelo menos, não será mandada diretamente ao matadouro se não funcionar. E se der certo, vamos ensiná-lo a primeira voz de *Hosana*. Se não der, te prometo que serei muito feliz sem você. Toda vez que eu for à biblioteca passarei pelo seu balcão e te darei tapinhas nas costas. E você já pode imaginar com que frequência.

Demos a mão e fomos para o quarto branco dela.

É impossível escrever aqui como me senti, pelo menos considerando a distância que mantenho do Prêmio Nobel de Literatura.

E quando voltei à consciência, descobri que ainda tinha mais duas tentativas. Na verdade, as duas primeiras tentativas nos contos de fada dão sempre errado. Mas aí surge um homenzinho cinza e misterioso que lhes revela a fórmula mágica secreta.

Podem acreditar, vou esperar atento por ele.

Este livro foi composto
em Bodoni para a Leya
em setembro de 2011